「熱くないですか？
肌寒くなってきましたし、
多少、熱めに沸かせたのですが」
「いえ、大丈夫。ちょうど良い湯加減です」
まだ日も高い頃。ちょうどお昼を迎えた頃か。
マッケンジーの屋敷に増設された大浴場には私と、なぜかグレースがいた。

アルバート
「ラピラピ」の攻略キャラで、
海運で栄える友好国、
ダウ・ルーの実業家。
アザリー
いすずとアベルが旅行中に保護した、
謎めいた少女。
アベル
いすずを炭鉱で拾った
恩人であり、
現在は夫。
マッケンジーの現当主。
いすず
転生前は、鉱物好きの研究員。
乙女ゲーム「ラピラピ」の
世界に転生しいきなり
断罪されて逃亡。逃げ込んだ
炭鉱の仲間と製鉄所を営む。
ケイン
王立アカデミー出身の
研究者。
技術開発で
いすずと意気投合する。
聖翔石
乙女ゲーム「ラピラピ」に
登場する不思議な鉱石。

ガーフォールド
サルバトーレの新国王。
ゲヒルト
ザガートの養父で、サルバトーレ王国騎士団長。
ザガート
「ラピラピ」の攻略対象で、騎士団に所属。騎士団長ゲヒルトの養子。
メイフラワー・ホーソン
サルバトーレの高官・ドウレブの従者。
グレース
「ラピラピ」のヒロイン。ガーフィールドと結婚し、王妃となった。
ゴドワン
アベルの父で、マッケンジー家の前当主。
コスタ
元は悪徳商人、現在はいすず鉄工所の会計担当。

「ザガート……！」
ゲヒルトは凄まじい形相でザガートを睨みつけていた。
ザガートはマントから、折れたレイピアの先端を左手に握りしめ、その切っ先をゲヒルトの喉元に近づけた。
「いやはや、見損ないましたよ父上。このような暴挙に出るとは」

鉱石令嬢
〜没落した悪役令嬢が炭鉱で一山当てるまでのお話〜
2
KANMITEI HUTOMARU
甘味亭太丸
ILLUSTRATION
SNC

CONTENTS

プロローグ　魔女は静かに嗤う
007

第一章　ドキドキの新婚旅行！？
025

第二章　常夏の国にて愛を君に
106

第三章　流転する陰謀
144

第四章　暗躍する魔の手を払え
154

第五章　私の夢、私の理想
215

エピローグ　鉄の魔女のお話
251

イラスト／SNC　デザイン／寺田鷹樹（GROFAL）

プロローグ　魔女は静かに嗤う

その日。サルバトーレに新たな国王陛下が誕生した。

厳かな雰囲気の中、ガーフィールド皇太子は真っ白な衣装に深紅のマントを身に纏《まと》い、玉座に座っている。そこへまだ幼い、少年の聖職者たちが三人、王冠を載せた台を運んでいく。これはどうやらサルバトーレの伝統らしい。

玉座の周囲にはただ一人、王となるガーフィールドのみ。それは神聖なものであり、たとえ彼の親族であろうと、妻であろうと、親友であろうと横に並んではいけない。

若い少年の聖職者たちもガーフィールドの真横に並ぶことなく、うまい具合に角度をつけて彼に王冠をかぶせる。

その後は何やら誓いの言葉や祝福の言葉などを唱え、私たちもそれを復唱する。

あとは国王陛下万歳などの賞賛の言葉を全員で叫ぶといったものだ。

そのような式典がおよそ三時間程度続き、今度は立食パーティへと移行する。

(貴族っていうのは難儀なものなのかもしれないわね)

人の群れから離れた場所に避難していた私は、聖翔石《せいしょうせき》のペンダントを手に、それを弄《いじ》りながらふとそんなことを思った。

（石はまだ消えていない……つまり願いはまだ叶《かな》えられていない、もしくはその途中というわけかしら）

製鉄業の立ち上げ、戦争の勝利、その他にも色々とあった。それらがトントン拍子に進んだ気がする。聖翔石の加護のおかげもあったと思うが、件《くだん》の石は特に輝くわけでも、霞《かすみ》のように消えるわけでもなく保管庫の中に残っていた。

（一体、私は何を願ったのかしら。我がことながらちょっと怖くなってきたわ）

石が願いを叶える方法は一定ではない。願いは思いもよらない形で叶い、石は消えていく。

改めて考えてみるとなんとも不思議かつ恐ろしい代物だ。

そんな私の不安をかき消すように音楽隊の演奏が新たな曲に入る。

戦時下とは思えないぐらいに穏やかできらびやか。たとえ戦争をしていようと、社交界というものは絶えることがないらしい。

むしろ戦時下であるからこそ、大国の意地と力を見せつけるためにわざわざ即位式と同時に盛大なパーティを開こうというのだ。

即位式自体は国を挙げて、その他の同盟国の要人なども大勢呼び寄せておこなうものだが、一応は戦時下。本来なら国民全体が参加して見守るはずの戴冠式などはかなり簡略、慎《つつ》ましくおこなわれた。それでも私から見れば十分に豪華絢爛《ごうかけんらん》だと思うけど。

とはいえそれができるのは大陸随一の王国サルバトーレだからこそなのだ。

此度《こたび》の戦争で味方側で兵を出しているのはサルバトーレぐらい。他の国にも軍隊ぐらいはあるが、自国を防衛する程度の戦力しかないらしく、この地域一帯で『よそに侵攻』をかけられるのはサルバトーレを含めてごくわずかと言われている。

（他国と戦争をしていてもこんな大宴会ができるだけの余裕があると、他の国を牽制《けんせい》しているとも取れるわね）

サルバトーレはつい数週間前にハイカルンとの大規模な会戦に勝利し、周辺国にその力を見せつけた。

莫大《ばくだい》な予算と資源と人員を消費する戦争は終わっていない。本来なら、こんなことをしている暇などないのだけど、これも政治というものなのかしら。

（一つ奇妙なことがあるとすれば、敵があれ以来、なんの動きも見せていないことだけど）

はっきりと言えば、私は軍事的な知識は皆無だ。なので、この一時的な膠着《こうちゃく》状態が何か軍略的な動きにつながっているかと言われるとわからない。

今回、ハイカルンの襲撃を受け、壊滅的なダメージを受けた『コルカット』という国を敵は全面的に放棄してあっさりと撤退。いくら私に知識がなくても、これが奇妙だということはわかる。

だから何かできるかと言われるとそれは無理。だってわからないもの。

さて、どうやら私のそんな考察は顔に出ていたらしい。

「いすず、顔、顔。もっと笑顔を作れ」

呆《あき》れた風に、ため息をつきながら赤毛の男が私に向かって言ってくる。

かく言う本人も、ワインを口にしつつもあまり楽しそうな顔はしていない。

なぜなら彼もまた私と同じく「釈然としない」と感じているからだ。

男の名はアベル・マッケンジー。戦勝の立て役者の一人であり、今ではサルバトーレの製鉄業を牛耳る男であり、私の、表向きの旦那様でもある。

「オホホ、旦那様も、お顔が堅いようで……」

「なんだその口調。言っとくがお前の仏頂面よりはやわらかい」

流石《さすが》は貴族の御曹司と言うべきか、それとも無頼な生活をしてきたからなのか、作り笑いは得意なようだ。

旦那様。アベルとは確かに結婚はしている。だけどそれはお互いの目的が一致したため、いわゆるビジネスパートナーに近い間柄であり、お互いにそのことは割り切っている、つもり。

ようは偽装結婚なのだ。この世界――『金色の瞳のラピスラズリ』という乙女ゲームの世界に転生した私は、マヘリアという悪役令嬢となっていた。しかも親が色々とやらかしてくれたせいで国外追放という身分。もう表舞台には出ることなどできない状態。そんな私は「いすず」という架空の、異国の女を演じることで、製鉄業に携わるアベルの実家の権力を求め、そしてアベルは私の持つ知識を求めた。この二つを十二分に使うには、形だけでも結婚しているという状況を作るのが手っ取り早かったのだ。

ただ、それだけの話なのである。

それをお互いが了承して、お互いが利用している。そう、これはビジネスなのだ。

愛のない、形だけの結婚……で、いいのよね？

なんだかんだ、肌は、か、重ねてないし？

「がははは！　何かお困りごとがあれば、このドウレブにお任せあれ。必ずやお力になりますぞ！」

突然、下品な笑い声が近くで聞こえた。

会場全体が騒がしいので、特別その男の声が響くわけではないのだけど、なぜか嫌に耳に残る声だった。

同時に男が口にした名前にも聞き覚えがある。

「ドウレブ……？」

「あぁ、あのおっさ……いや、お方か」

アベルはあからさまに侮蔑を含んだ目をドウレブに向けていた。

「お前、忘れたのか。自分を買い取ろうとしていた奴《やつ》だぞ」

「あぁ……そういえば、そんな人もいたわね」

記憶の彼方《かなた》に放り込んでいたせいか、実は存在すら忘れていた。

「随分とご機嫌ね、彼」

ドウレブは何やら上機嫌だった。

「財務大臣に任命されたらしいからな。それと、今回の戦争で医薬品などを売りさばいて大きく儲《もう》けている。準備の良《い》いことだ。戦争で必要になるものは武器以外に食料もそうだが、医薬品もまた必需品だ。良い着眼点だよ」

「ふぅん」

医薬品か。顔に似合わず人様のためになることをしているじゃない。その儲けで何をしているかまでは興味はないけど、医療関係に強いのであれば、確かに国の力にはなれる。

まぁ私も人のことは言えない。戦争を利用して、鉄を売っているわけだし。

あっちが薬を売っているのならそれは良いことではないかしら。

「あれ？」

そんなドウレブのそばに異質な存在がいた。

覆面をした人間がドウレブのものと思《おぼ》しき上着や杖《つえ》を携えていた。

その立ち位置から察するに荷物持ちの従者なのだと思うが、なぜ覆面など付けているのだろうか。

「あの人は？」

どうしても気になり、私はアベルに聞いてみた。

「あぁ、ドウレブの従者だろう。奇妙な格好をしてるが、なんでも顔に傷があるらしい。外国人の従者らしくてな。珍しい話でもないぜ？」

まぁ私も「いすず」としての身分は異郷からの花嫁だし、サルバトーレは留学生を始め、国外の人間を招き入れること自体を規制してはいない。

「ここに連れてくるってことは重宝しているわけだ」

「まぁそうなんじゃねぇのか？　俺も詳しい話は知らないが」

そんな会話を続けていると、またドウレブの耳障りな笑い声が聞こえてくる。

「それにしても、こんなタイミングでガーフィールド様の即位式をおこなうのはどうなの？」

気を取り直すように、グラスを傾けて中身を空にする。

「今回の式典の真の目的は、一時的な勝利にかこつけて、皇太子だったガーフィールド様を正式に国王へと即位させることだ。前国王陛下はそれなりの年齢だし、しかも病気を患っている。そんな状態で戦争に突入したのだから、もしもがあった場合、国全体が乱れるのは見えているし、だから今のうちに息子を国王にしてしまおうという政治的な意味もあるんだよ」

「ふぅん、ちゃんとした理由もあるわけね」

「それに、即位式はめでたい行事だ。国民の戦争不安を払拭するのにも便利だしな。ついでに貴族も大勢集まる。コネを作るのにもうってつけってわけさ」

パーティが始まってから、アベルがさっそく多くの貴族たちと顔合わせをしていたのを知っている。人脈を作るためとか、今現在サルバトーレの貴族にはどのような派閥があるのかを知っておくためなのだとか。アベルは、領主としての責務を果たそうとしている。父親から受け継いだ地盤を、彼は背負《しょ》って立とうとしているのだ。

「ま、一番得をしているのはあのドウレブだろうぜ。ご病気の前国王陛下に、医薬品関連に明るいドウレブが接近するのは当然だろう」

なるほどアベルはよく周りの貴族のことを見ている。

その間、私が何をやっていたかといえば、壁の花である。ノンアルコールのグラスを片手に、会場の隅っこにただ立っているだけの存在。

それなりに理由もあるけど、一番は面倒くさいから。

もともとお酒の席は好きじゃない。でも、この世界というか時代背景においては、たとえ女であってもアルコールを嗜《たしな》めないと少し低く見られるらしいが、構うものか。私は下戸だし。

「ま、なんだ。適当に貴族のお嬢様方と話しておけ。こういう場ではコミュニケーションは大切だ。いじめられるからな」

「まぁ怖い。助けてはくださらないの、旦那様？」

「それぐらいは自分で処理しろ」

実はこういった場では、女性を壁の花にしておくことはかなり失礼にあたるらしいのだけど、正直どうでもよかった。

「はいはい。それじゃあ、愛《いと》しい旦那様のためにおしゃべりをしてきますわ。王妃様と」

「いきなりかよ……失礼のないようにな」

「わかってるわよ」

私は空のグラスを給仕に渡すと、会場の中央で人だかりが出来ている場所へと歩を向けた。人だかりの中央にいるのは、他の誰よりも美しく、そして愛らしく輝いている少女。まだあどけなさの残る、しかし身につけた気品は誰にでも伝わる確かなもの。

かつては平民、そこから貧乏貴族になり、今では王子と婚姻を結んだシンデレラ。そしてほんの数十分前に王妃となった少女。

彼女の名はグレース。乙女ゲームの主人公だった女の子。

夫であり、国王となったガーフィールドはいまだに玉座で臣下たちの賞賛の言葉を聞かなければならないらしく、王妃という立場であるはずなのにグレースはどうやら自分からその場を離れているらしい。

「それでは、王妃様。お体にお気をつけて……」

「はい。ありがとうございます、ネシェル卿《きょう》」

私がグレースの近くまでくると、入れ替わるように一人の老人がその場を離れた。軍服に身を包んだ、鋭い目をした男だ。

「むっ、失礼」

ネシェル卿と呼ばれた老人。ゲームで一度だけ見たことがある顔だ。

何を隠そう、彼はザガートの養父であり、この国の軍事を取り仕切る騎士団長、ゲヒルト・ネシエル。

「ほう、あなたは」

そんな男が私に気が付くと、小さくほほ笑んだ。

「マッケンジー卿の奥方様ですな。良き鉄を我らにもたらしてくれた。感謝いたします」

「あ、はい」

ちょっと虚を突かれたので、私は思わず返事に詰まった。

「それでは、私はこれで」

ゲヒルトはそれだけを言うと、今度は肥満体の貴族がこちらに近づいてきた。

ドウレブだ。

なんだって私のところに。

「……失礼。そなた、どこかで見たような」

顎を撫《な》でながら、じろじろと私を舐《な》め回すように見てくるのが不快だった。

「ドウレブ様、この方はマッケンジー卿のご夫人であらせられます」

そんな主に対して、覆面姿のなんとも奇妙な出《い》で立《た》ちの従者がそれとなく口をはさんだ。

声は甲高い。覆面をして体の線もわかりにくいが、なんとなく女性っぽいことに私は気が付いた。

「わかっておるわ。それでも見たことがあるから、そう言ったまでじゃ」

全く悪びれていない様子なのがさらに腹立たしい。

ドウレブは怪訝《けげん》な表情を浮かべながら、従者を小突くと、今度は私に向かってにんまりと嫌な笑みを向けてきた。

「いやはや、昔の知り合いに似ておりましてな。あいや、これは口説き文句でありませんぞ。本当にどこかで見たような目をしておられたので。いやもしやするとかつてどこかで出会っていたのでは――」

ちょっとしつこいぐらいにこっちに近寄ってくるドウレブ。

「それにしても、先の戦いで大きな貢献を果たしたマッケンジー卿のご夫人。お噂《うわさ》は聞いておりましたが、なんともお美しい。失礼を承知で言わせてもらえば、その細身のお体で鉄を生み出すとか」

ニタニタと笑みを浮かべ続けるドウレブ。

私はそれとなく半歩後ろに下がりながら、愛想笑いで対応した。

「しかし、製鉄はとても恐ろしいものと聞いていますよ。なんでも石炭をお使いになるとか……粉《ふん》塵《じん》は体に害、もし体調を崩されたら私が妙薬を送って差し上げます。病が嘘《うそ》のように改善し、みるみるうちに元気がわいてくるものです。これは遥《はる》か東の国より取り寄せた亀の肝を煎じた薬で……」

「お気遣い大変感謝いたします」

私としては早くこの会話を切り上げたかった。

どうやら、ドウレブも私の態度でそれを理解したのか、フンと荒い鼻息を鳴らして不機嫌そうな顔を浮かべた。

「しかし、そちらも随分と戦争で儲けたようで。騎士団とも大変仲がよろしいとか……鉄を作り、武器を作る。確かにサルバトーレの軍備は増強されましたが、国民の多くは戦争に恐怖しております。命の奪い合いとは、おぉ、なんとも恐ろしい。なぁ？」

なんだこいつ。私に喧嘩《けんか》を売っているのか？

ドウレブはわざとらしい声で、従者に同意を求めていた。

「はい」

従者の方は一言、そう答えるだけだ。

ただなぜかまっすぐ私を見ている。

「……なにか？」

その視線からどうにも奇妙なものを感じた。

同時に、ドレスの下に隠していた聖翔石のペンダントがわずかに熱を帯びたように感じた。

（ッ……！　なに？）

確認してみたかったが、従者のまるで射貫《いぬ》くような視線を受けている私はそれができなかった。

「いえ、失礼いたしました。いすず様は女性でありながら、一代で製鉄業を立ち上げ、国に認められるほどのお方。噂には聞いておりましたので、こうして直《じか》にお会いできて光栄でございます」

従者は恭しく頭を垂れる。わずかだけど、黒い前髪がさらさらと垣間見えた。この大陸では黒髪はなかなか珍しいと聞く。

「申し遅れました、私は、ドウレブ様の従者を務めさせていただいております。メイフラワー・ホーソンと、申します」

従者にしては随分と気合の入った名前だなと思う。

いやでもあり得るのか、貴族の従者というのは何も位の低い者だけがなるのではない。むしろ花嫁修業と称してメイドをやらせることもあるのだと聞いたことがある。

「メイフラワー……そう、よろしく。私は……って、名前はもう知っているのよね」

「はい、有名ですので。本当に、凄《すご》い方だと」

「まぁ、お上手。ですが、私は一人でやってきたわけではありません。多くの人たちの協力を得て、今の立場にいますわ」

「ご謙遜を。あなた様のもたらした知識はとても素晴らしいものです。従者の身ではありますが、とても興味があります。一体、どこまで行くのだろうと。何を見せてくれるのだろうかと」

「そう……楽しみにして頂戴ね」

覆面の奥で、従者の目はぴたりと私を見つめている。

ただそれだけなのだけど、ドウレブの値踏みするような視線とはまた違った奇妙な感覚がまとわりつく。意図が見えないというべきだろうか。

「ま、とにかくですな。戦争はもうじき終わります。武器を供給するだけがこの国への忠誠とはなりません。何事も平和に」

まるで割り込むようにドウレブが会話に入ってくる。従者を脇に寄せて、虫でも追い払うかのように左手をふらふらと振って下がらせる。そんな雑な対応が、この瞬間においては少しありがたいものだった。でもこの耳障りな声だけは早急に消し去りたいところね。

「素晴らしいお考えですドウレブ様」

「うむ。まぁそちらも避難民をうまく使っているようで。そのうち、薬なども入りようになるでしょう。その時はぜひともこのドウレブめにお任せあれ。良い薬を良い値段でお売りしますぞ。ははは！」

鬱陶しいわね。

しかもさっきからじろじろとこっちの体を舐めまわすように見てるのがバレバレなのよね。

「マヘ……いすず様。きていらっしゃったのですね」

そんな私に助け船が現れる。なんと王妃となったグレースだった。

「申し訳ありませんドウレブ様。いすず様と少しお話がしたいのです。よろしいですか？」

その一瞬、ドウレブの目が半開きというか怪訝なものになったが、即座に彼はにっこりと笑みを浮かべた。それが作り笑いなのは明らかだ。

「あいやこれは申し訳ございません、王妃様。知り合いに似ていたものでして」

「ドウレブ様。ゲヒルト様がお呼びのようです。国王陛下にご挨拶をと」

覆面の従者にせっつかれながら、ドウレブはやっとその場から離れる。

粘着質な視線はまだ感じるけど、離れていくのならいちいち気にはしない。

それと、あの従者の視線も消えていた。

「ありがとうございます、グレース様」

私はこればかりは本当に感謝の念を込めて笑みを浮かべた。フェイスベールで隠れているとはいえ、薄く透けている。全く表情が見えないわけではない。

「いえ、ドウレブ様はいささか、その、距離が近いので、困りますから。いすず様も苦手でしょう？」

「それは、そうですね」

しかしまさか彼女に助けられるとは、意外な状況だ。

まるで先手を打たれた感じ。

「しかし、グレース様。私にそのような尊称は必要ありませんわ」

苦笑いを浮かべたグレースは、私とぴたりと目が合うと一瞬だけ視線を落とした。

けど、彼女はすぐに平静を取りし、小さく息を吐くと、私の目をまっすぐと見つめ返した。

「いえ、いすず。あなたがこの国を救うため、奮闘してくれたのを知っています。夫をよく支えたその姿に、私も見習うべきところは多いですわ」

逆にうろたえそうになったのは私だった。

その姿は、既に王妃としての品格すらも感じさせるもの。

かつてのパーティで出会った時の、怯《おび》えた少女の姿はもうなかった。

「もったいなきお言葉でございます。私、これからも愛する我が国のため、より一層力を入れることをお約束しますわ」

社交辞令もいいところな挨拶を交わし、私はにこやかにその場を去ろうとする。

「あ、待って。いすず」

刹那、グレースは私の右手を摑《つか》んだ。それは簡単にすり抜けられそうなほどに弱く、優しいものだったはずなのに、なぜか私はその手を振り払うことができなかった。王妃様に対して失礼に当たるというのもあるが、それだけではないと思う。

「はい？」

振り返ると、グレースはまた私の目をじっと見つめていた。

とはいえ、同時にどこか目が泳いでいるようにも見える。先程の毅然《きぜん》とした態度こそ残っているのだが、戸惑いもあるようだった。

（何かしら……）

そのアンバランスな表情が読めない。

時間は、そう経《た》っていないはずだ。一秒も経過していないだろう。

だというのに長く感じた。

そして、グレースはゆっくりと口を開いた。

「これだけは、聞かせてほしいの。あなたは、何を求めますか」

その質問に、私は思わず虚を突かれた。

グレースの言葉には戸惑いがある。疑問もある。

でも明確な意思を持って、質問をしている。

ある種の確信めいた何かを感じる。

私が求めるもの？

そんなものは簡単だ。

私は胸を張って答える。

「今よりももっと、素晴らしい世界ですわ」

私の答えに、グレースは……微笑《ほほえ》みを返す。

だけど、口元が震えていた。笑っているのではない。どういう表情を作っていいのかわからないのだろう。

「そう……ですか。最後に、もう一つお聞きしてもよろしいかしら？」

「はい」

「今、あなたは幸せなのですか？」

「ええ。とても、楽しいですわ」

私は会釈をして、その場を去る。

同時にふと、私は聖翔石のことを思い出し、取り出して確認する。

石は光りもしなければ熱も収まっている。消える予兆のようなものも感じない。

「フン……願い……いえ、目的よね、私の場合は」

あの子はまだ、私を国を追放されたマヘリアという少女として見ているのかもしれない。

それは本当に優しいことなのだろうと思う。

だけれど……。

（悪役令嬢マヘリアはもういないのよ、グレース。ここにいるのは、転生者。ゲームの世界の、悪役になってしまった三十路《みそじ》手前の、そして物語の舞台から引きずり降ろされた女。でもね、カーテンコールはまだなのよ、マヘリアではない、いすずにとってはね）

そう、私は転生者。かつては鉱業に携わるアラサー独身の女研究員だったいすずという女。それがどういうわけか乙女ゲームに登場する悪役令嬢、しかも序盤で消えるお邪魔キャラとして転生し、そして今現在は製鉄業を営む女社長兼領主の妻として生きている。

異世界に来てしまって、断罪を受ける直前に逃げ出した私は、生き残りをかけて自分にできる知識を総動員して、肉体も酷使した。具体的に言えば徹夜を繰り返して、鉄を作り続けた。

でも、これはほんの小さな一歩に過ぎない。私の、やりたいことのスタートをやっと踏み出したに過ぎない。

私の目的？

そうね、鉄道網を敷いて、蒸気機関車ぐらいは走らせたいものね？

第一章　ドキドキの新婚旅行!?

などと、私が個人的な野望を定めてから一週間後のことである。

たとえ戦争が膠着《こうちゃく》していても、我がマッケンジー領のやることは変わらない。石炭を採り、鉄を作り、それを売る。各地に点在するマッケンジー麾下《きか》の工場は今もフル稼働中だ。だが、生産性はいわゆる産業革命にはほど遠いレベルである。どうしたって質は悪くなってしまう。それでも大量の鉄を手に入れることができるというのは国家にとっては大きな利点だ。

同時にその利点は我が領内に莫大《ばくだい》な利益をもたらす。

それだけではない。我らが主であるサルバトーレ王家はこれに目を付けた。同盟各国も我々の進んだ製鉄技術を欲している。このあたりは、どれだけサルバトーレがお気楽でも、意外としっかりと手綱を握っているようで、おいそれと他国に流出させることはない。むしろそれなりの色を付けて輸出をおこなっている。

同時にこれは「やはりサルバトーレは強い」という宣伝にもなるらしい。

とにかく、戦況が膠着している今、戦争以外の仕事もどんどん出てくるというわけだ。

だから、彼女がここにいるのもそういうことなのだろう。

「熱くないですか？　肌寒くなってきましたし、多少、熱めに沸かしたのですが」

「いえ、大丈夫。ちょうど良《い》い湯加減です」

まだ日も高い頃。ちょうどお昼を迎えた頃か。

マッケンジーの屋敷《やしき》に増設された大浴場には私と、なぜかグレースがいた。

なんというか、物語の主人公なのだから当然だし、古臭いたとえを言うのならば透き通るような肌、珠《たま》のような肌と言うべきだろうか。水をはじくほどに健康的でハリのある肉体。

お湯に浸《つ》かったせいで、ほんのり頬が赤く染まり、それがどこか色を感じさせる。

女同士とはいえ、あんまり体をじろじろと見るのは失礼なのだけど、やはり若さが凄《すさ》まじい。特別胸が大きいとかじゃないのだけど、やわらかそうな肌とあどけなさ、しかし時折見せる大人の顔といったギャップが男心をくすぐるのだろうか。

対する私は、元のマヘリアがスタイル抜群であることを差し引いても、日焼けして、製鉄の熱でガサガサになって、徹夜もするせいで髪の毛も少々傷みつつあるという正反対な感じ。

それ以上に王妃様が辺境の貴族の家でお風呂に入っているという状況の方がもっとイレギュラーなのだけど。

彼女の来訪は本当に突然だった。名目上は先の戦争で、多大な貢献を果たしたマッケンジーへの慰労訪問といったところだ。

王族が自国の領地を視察するのはそう珍しいものではないし、当代の王妃様がいらっしゃるとなれば、領内の空気も悪くはない。

まぁ、石炭による煙のせいで少々埃《ほこり》っぽいのは仕方ないとして。

さて、こちらとしても突然の訪問。形式的な挨拶などはさくっと終わったのだけど、何やらグレースには目的が別にあったようで、結果的に二人だけで話せる場所。

それがお風呂だったというわけ。

「マッケンジーでは、このようなお風呂が一般的なのですね？」

「ええ、石炭はたくさん採れますし、それで強い火力が出ます。それに、丈夫な鉄が量産できるようになりましたし、最近では小型の鉄製暖炉、ストーブと言いますが、それの開発も進んでいます。開発者のケイン先生はあまりにもこちらに熱中しすぎて、学校のお仕事が疎《おろそ》かになり、お叱りを受けに戻ってしまいましたが」

ごめんなさい、ケイン。技術的なことは彼の閃《ひらめ》きと天才的頭脳で補ってもらっているところが大きい。

でも、彼が一人でそれを支えるのにも、そろそろ限界が来た。

まずあの人、教師なのよね……本業はそっちなのだ。

「あら……お久しぶりにお話ができたらと思っていたのですけど」

「それはまた後日ということで」

さておき意外だったのは、この世界、お風呂に関しては結構進んでいる。薬湯などもそうなのだが、魔法技術の応用でお湯は沸くし、錬金術師たちが手掛ける大浴場も首都や資金力のある領地では珍しくないのだという。

恐らく、それはこの世界が『ラピラピ』という『ゲーム』の影響を受けているからだろう。

確か、攻略キャラたちの入浴シーンという名の上半身裸のイベント画像があったはず。先輩もそれを手に入れるのに何やら騒いでいた記憶があるわね。

だからか、この世界は本当にいびつだ。基本的にはゲームのモデルである中世そのものなのに、妙なところは現代的だ。

機械技術やその文化だけは遅れているくせに、こういったお風呂や、他にもお菓子関係は妙に進んでいる。魔法で凍らせることができる関係か、アイスクリーム（この世界ではジェラート呼びが一般的）もあるし、シャーベットもある。

多分、このあたりは全て魔法があったからこそできた文化とも言える。

もっとメタなことを言えば、ゲームでそういうイベントをしたかったから、時代背景とか無視して、取り入れてしまったバグみたいなものなのだろう。

ある意味で、革新的なものを取り入れる土壌というか、空気感はあったのかもしれない。

そうでなければ、私がいくら石炭による製鉄を提唱してもそう簡単に広まるわけがない。

何かきっかけがあれば、この世界はもっと進歩するはずだ。

「しかし、お城にだって大きなお風呂はあるでしょう？」

「そうですが、戦争です。贅沢《ぜいたく》はできません。魔法使いも、非常事態に備えねば。それに、王妃だからと言って、私だけがそのような贅沢は」

なんというか、堅物と言うべきだろうか。真面目と言うべきだろうか。

「それに、お城の改修工事というのも、王の一声で、というわけにもいきませんから。ですが、あなたは、新しいことに躊躇《ちゅうちょ》がないと見ました」

「そりゃあ、躊躇する必要があまりないですから。もちろん、できることとできないことを天秤《てんびん》にかけます。その上で、できること、私たちの利益になるものは実行させます」

「大がかりな石炭の採掘と、製鉄も、ですか？」

「その通りです。だから、先の戦争では勝ちました。しかし、グレース様のおっしゃりたいことはわかります。山を切り開き、削る。とんでもない環境破壊でしょうね」

「……そうですね。それは今更否定もしません。必要なことだと思います」

フム、そういうことを言いに来たわけではないと。

とすれば一体何かしら。彼女は、多分だけど、私の異常性に気が付いている。よもやマヘリアに他人が乗り移っているとまでは思っていないようだけど。

ようは私のことを怖がっている。それなのに、こうして会いに来た理由とはなんだろう。

「あえて付け加えますと、私がこれからおこなおうとするものは、さらに環境を汚染するでしょう。ですが、それと引き換えにこの国にさらなる発展をお約束します」

「以前、パーティでおっしゃっていたことですね。あなたの言ってることは、多分、嘘《うそ》ではないのでしょう」

さて、お風呂の雑談も悪くはないのだけど、それでもグレースはどこかそわそわとしていた。というより、若干、顔色が悪い？　何か病気というわけでもなさそうだけど。

「いすず様。先日聞いたことですが、あなたはより良い世界を作ると言いました。私は無学です。無知です。あなたのやろうとしていることがどういう結果をもたらすのかはいまだにわかりません。ですが、あなたは先の先を見据えているとお見受けしました。ですから、相談をしに来たのです」

どうやらグレースは本題に入ろうというらしい。

「それは……そ、それは……」

「ん？　あれ、ちょっと？」

気が付くと、赤く染まっていた頰がさらに紅潮している。というよりはトマトか蛸《たこ》かというぐらいにグレースは顔を赤くして、ふわふわとしている。

「いえ、お気になさらず……話を……」

「こっちが気にするのよ！」

うん、つまり。

のぼせている。

「ちょっと、ねぇ、大丈夫！　あぁもう！」

そこからはちょっとした騒ぎ。私に担がれて、浴場を後にしたグレースは使用人たちに持ってこさせた果物のジュースを飲みながら体を冷まさないといけないし、それでも変なところで頑固で、話の続きをしようとしたりするので、強制的に休ませるのである。

「あの、ついてきた皆さんには、のぼせたことは内緒にしてほしいんです」

なんだろう。この子。すっごく手間がかかるし、結構図太い。

さすがは乙女ゲーの主人公ってことかしら。

そんなわけで、彼女との話はそれから一時間後、私の部屋にておこなわれることとなった。

「も、申し訳ありません。なんだか、緊張してしまって」

着替えを終えて、体調を戻したグレースはぺこぺこと頭を下げている。

「あの、あなた一応、一国の王妃なのだから、そういうのやめた方がいいわよ」

「そうなんですけど、慣れなくて」

そりゃ確かにちょっと前まで貴族としてすら生活していなかった子だし、それを今から貴族、さらには王族らしく振る舞えというのは難しい話かもしれないけど。

「まぁ良いですけど……本当に体は大丈夫？」

そうは言いつつもまだ顔がほてっているように見える。

私は事前に用意させておいた氷と氷削器《ひょうさくき》でかき氷を作る。この氷削器は半ば私の独断と趣味で作らせたものだ。もともと、氷を削ってそこに甘い蜜や果汁をかけて食べること自体はあったようだが、かき氷のようにしゃりしゃりに削るのはナイフやピックを使っていた。

なので、簡単にできるようにと、ケイン先生に無理を言って、設計させた。

私の説明がうまくなかったせいもあってか、ハンドルを使ってぐるぐると削れるのは成功したけど、本体の形状は妙にいびつで、氷を固定する部分だけがやたら大きくて、削り刃の角度も甘く、氷が飛び散ってしまうという不具合もある。

それでも私がよく知るかき氷のような形にはなる。それを器で受け止めて山のように盛り付けるのだ。なんだかんだこの作業は楽しい。

味付けに関しては果汁だったり、砂糖を振りかけたり、蜜を垂らしたりなどだけど、まぁこれは昔ながらの味といったところだ。

「どーぞ」

「あの、冬ですよ？」

「冬にこういうのを食べることが贅沢だと思いませんか？」

「はぁ……そうかもしれませんけど」

「あなたまだぽわぽわしてるし。それで……お話って何？　なんだか深刻そうな顔をしていたけど」

「ガーディが、国王陛下が死ぬかもしれません」

「げほっ！」

唐突すぎて思わずむせてしまった。

というか、この子の口からおよそ出ないだろう単語すぎない？　そして急展開すぎないかしら？

「死ぬって、何よ、急に。病気!?」

「いえ、病気ではありません。今も、忙しく、臣下たちと会議をしています。本当にお忙しそうで……」

「そ、そう。過労……？」

「いえ、そういう話ではありません。ですが……」

ここでグレースは口ごもってしまう。それが一番気になるのだけど、彼女としてもなかなか言い出せないようなことなのだろうか。

それにしても穏やかじゃないわね。国王陛下が死ぬって大事件じゃない。

「あの、少しだけ話が逸《そ》れますけど……いすず、もし私がほんの少しだけ未来が見えると言ったら信じますか？」

「え？」

何よ急に。未来視？

まぁ、そういう魔法ぐらいはあるんじゃないかしら、この世界、剣と魔法でしょう？

「そういう魔法が使える……という？」

「いいえ、もっとこう……漠然としているというか。うっすらとそういうものが見えるというか。うまく説明できませんが……ぼんやりとその光景が目の前に広がるのです。これを選んだらどうなるんだろうとか、みんながどこにいるのかとか……探知魔法や占いともちょっと違うというか……」

（それって……まるで、ゲーム画面みたいね）

彼女のつたない説明ではあるけれど、なんとなくイメージはつく。

思えば、ここはゲームが元になった世界である。

そんな中で、グレースはどうやってガーフィールドとくっついたのか、あまり深く考えてこなかったし、ザガートはそれを聖翔石《せいしょうせき》の奇跡と言ってたけど……いえ、逆なのかしら。

聖翔石に願ったからそういう能力みたいなのが生まれた？

「幼い頃からなんとなくですが、こうしたらうまくいくみたいな……ごめんなさい、信じられないですよね、こんな話」

「いいえ、なんとなく想像がつくというか……それって、他人のことも見えるのかしら？」

「いいえ、私のことだけです。私に関わることだけ。ですが、私の見える範囲であれば、他の方のことも限定的には見えます。例えば……誰と結婚するかとか……私の近くに誰かがいて、何かをしているとか」

「うーむ。つまり、自分の未来を見た際に、知り合いが映り込むことはあるけど、その個人の未来は見えないってこと？」

「そうです」

曖昧ではあるけど、近い将来が見えるとなるとそれはそれで便利かもしれない。

「それで、自分の未来を見たら、ガーフィールド陛下が？」

「はい。最初の頃は朧《おぼろ》げで、相手が誰と決まっていたわけではありませんが……」

ふーむ。それは恐らく、ガーフィールド以外の攻略キャラたちのことだろう。

とすると、彼女はいわゆる、ルートが見えるということ？

それとも、選択肢が見えるのだろうか？

どっちにしろ、それは簡易的な未来予測になっているというわけだ。ゲームから離れても、グレースに宿った能力は継続していると考えてもよさそう。

「なるほど、なんだか妙にあなたが私のことを気にかけたりしてくれた理由がなんとなくわかったわ。見えたのね？　未来で、私の姿が？」

彼女が垣間見《かいまみ》た私がどんなことになっているのかは気になるところだ。

私の指摘にグレースは小さく頷《うなず》いた。しかし、それは少しぎこちなく、まっすぐに頷いたとも言えない、なんとも微妙な動きだったのが気になる。

「……今、私が見える未来はとても不安定です。以前は、あなたがいました。いつ頃の未来なのかはわかりません。ですが、いすず、あなたが私の前にいて、不思議な光景が広がっていた。でも、今は見えない。別の誰かがそこにいる。とても……恐ろしい笑顔で……顔もはっきりしていないというのに、その者が笑っていることだけはわかる……そこからです。ガーディの死が見えるようになったのは」

「未来は不確定ってわけ？　今まで見えてこなかった未来が突然入ってくるあたり、精度が高いのだか低いのだか」

だが、精度の問題はさておきグレースの予知は一つの行動指針になる。

何にしたって国王が亡くなるって一大事だし、もしそんな予知が実現したら絶対に面倒なことになる。

「ところで、なんで国王陛下が死ぬのか聞いてないわね。まさか……戦争で？」

確かに私たちの尽力でサルバトーレは石炭による製鉄を成功させたけど、言ってしまえば、まだそれだけだ。質の良い鉄の武器だけがある。アドバンテージはそれだけ。むしろ、それ以外はサルバトーレの国力があってこそだ。

「冬を越えて、春になったら。サルバトーレは戦争の終結を考え、ハイカルンとの停戦交渉をおこなうことになっています」

ハイカルンの名前は、少なくともゲームでは聞いたことがない。薄れゆく元の世界のゲームの記憶を掘り起こすと、ゲームの舞台となるのはこの大陸のほんの一部だったはず。

大陸は現実のヨーロッパ並みの広さで、三日月状というか日本語の「へ」を左右反転させた形をしている。サルバトーレはちょうど、「へ」の字の盛り上がった部分に位置しており、そこから東には険しい山々がそびえる山岳地帯や、亜人やモンスターが住まうとされる樹海が広がっている。

私としてはとても魅力的な土地だけど、サルバトーレはなぜか、その地方へは進出しておらず、ハイカルンはその山の向こう側に位置する国で、さほど大きい国ではないらしい。

一方でサルバトーレから南西に下ると海洋国家が存在する。

「停戦……？　いえ、まぁ、戦争が終わるのならそれはそれでいいのですけど、攻められたコルカットが納得しますか？」

ハイカルンという国はコルカットに対して無秩序な破壊活動をおこなった。中世の戦争というものが具体的にどういうものなのかは私にはわからないけど、コルカットは王族を失い、国家として維持できるような状態ではないらしい。

戦争を終わらせたいという考えは立派だけど、それで「はい、そうですか」とはいくまい。

「しないでしょう。それに、ガーディ……ガーフィールド国王陛下もそのことは理解しています。しかし……一部の大臣が戦争継続に反対で、和平の道を探るべきであると言っているのです。これにはゲヒルト騎士団長も戦争の長期化は望まぬとおっしゃっていますし。何より、義父が……前国

王陛下が戦争の継続には難色を示していると言われています」

国の軍事を司《つかさど》る人どころか前の国王までがそうまで言うのであれば、この戦争の継続に意味はない……ってことかしら。

いやどうなんだ実際？

「前国王や騎士団長すらも戦争を望まないと判断すれば大臣たちの大半はそれに頷きます」

「まぁ、誰も好んで戦争はしたくないでしょうからね？　とはいえ、あなたの言いたいことはそういう意味ではなさそうだけど」

「はい……私も戦争には反対です。今すぐにでもやめるべきです。国を焼かれ、彷徨《さまよ》う者たちのことを考えると……ですが、平和的な解決がなされるのなら、それはよいと思います。ただ、一部の大臣が躍起になって和平を進める現状は平和を願うのとは少し違うような気がしてなりません。一応、ハイカルンへの捕虜の返還を条件に、停戦を持ち掛けているようですが」

うぅむ、人道的といえばそれまでだけど、何かしらねこの妙な違和感。

「それに、捕虜たちの状態が芳しくありません。多くの者が何かしらの病に倒れていると聞いています。戦争のせいなのか、そもそもそれが原因で戦争を起こしたのかはわかりませんが……」

「病って……感染しないの？」

「医者が言うにはそういう類いの病ではないようです。ただまともに戦争などできるような体ではない、それほどまでに体がぼろぼろなのだと」

なんだか、気味の悪い話ね。

「ただどちらにせよ患者は隔離しているようです。それもあって、捕虜を国内に残したくないという考えもあるそうで」

相手も相手で、病人だらけなのに戦争をするわけ？

しかも、話から推測するに敵兵士のほとんどがそうみたいだし。

「それともう一つ、おぞましいことも判明しています」

その一瞬で、グレースは顔を真っ青にしていた。

「というと？」

「薬物です」

それを聞いて、私はぞわりと体が震えた。

「兵士の一部がそれを所有していたとかで、薬を使って気分を高揚させて、あと痛覚などを麻痺《まひ》させて、傷を厭《いと》わずに戦うのだとか……」

「麻薬……」

昔聞いたことがある。戦いの恐怖を紛らわせるために薬物を使用した例があると。

「薬物の名前まではわかりませんが……」

元の世界でも、麻薬が大きな戦争の引き金になった事例がある。

「ハイカルンという国では、その薬物の原料とかが盛んに採れるの？」

グレースは首を横に振った。

「わかりません。ザガートにも聞いてみましたが、さすがに外国のこととなると。ただ、敵の兵士たちが奇妙なことは言っているようです」

「奇妙とは？」

「戦いに勝利すれば、病は癒えると」

「変な宗教でもやってんじゃないでしょうね。ハイカルンという国はそんな場所なわけ？」

薬物に宗教疑惑。ツーアウトってところね。

もしかすると、先の戦いでの無秩序な破壊行動や、意味不明な撤退はそれが原因なのかしら。

「私も、ハイカルンは名前ぐらいしか聞いたことがありません……大昔に書簡でのやり取りはあったようですが、数百年前にこの大陸で起きた大戦争のせいで、東側との国交はほぼ途絶えていて、ごく稀《まれ》に商人たちが非合法な独自のルートを持っているかどうかとのことですし」

『ラピラピ』の設定資料集でもあれば、このあたりの詳しい事情がわかりそうなものだけど、あいにくと私はそこまでのめり込んでいなかったものね。

マヘリアとしての知識を探ってみても、グレースと同じ答えしか出てこない。サルバトーレを起点として、西と南は肥沃な大地が広がっており、一方の東側は樹海と山はあれど、劣悪な環境であるという。同じ大陸なのにまるで環境が違うのは魔法の世界だからといえばいいとしても。

「もし病にせよ、その……宗教にせよ、それが理由で戦争が起きているのなら、何か解決の糸口が見つかるかもと思うのです」

「そうかしら……なんだか胡散臭《うさんくさ》い気もするけど」

「こんなことを言うのは失礼だとは思いますが、相手の兵士たちの状況を見ると、和平が成立するとは到底思えません。なのに、大臣たちの多くは和睦するべしと」

いや確かに違和感しかない……というか、これまでの話を総合すると。

「まさかと思うけど、それ、大臣たちが国王を暗殺しようとしてない？」

「それです！」

グレースは身を乗り出して言った。

「私だって、馬鹿じゃありません！　あんな予知を見た後に、こんな動きを見せられたら怪しいとわかります。ですが、私の予知を信じる者は少ないでしょうし、ガーディとて、和平案に反対して戦争を続行するという判断は取りづらいものです！」

そこまで言った後、グレースは少し赤面して座りなおす。

まぁでも彼女の気概は理解した。

「なるほどね。そういうこと。だから、あなたは私のところに来たというわけね」

グレースの心情は、今大きく揺れ動いているのだと思う。

夢にまで見たシンデレラストーリーから一変して、国を左右する王妃としての重責を負うことになっていく。

難しい問題よね。

やっと大人に近づいたばかりの少女が、国政を担う立場にいるのだから。

王妃という立場であっても、大臣たちを顎で使えるわけではない。彼女は地位の低いところからの嫁入りで後ろ盾もないから、なおさら政治に首を突っ込むと良くない顔をされるだろう。

「それで、話を戻すけど。ガーフィールド国王が死ぬ。それはどういう場面なの？　それに、大臣たちが関わっているかもしれないとはいえ、この状況でクーデターみたいなことをする理由ってあるのかしら？」

「王位の簒奪《さんだつ》……軍事力で王権を奪い取るというのがシンプルな話だと思いますけど」

「それを主導している大臣が誰なのかはさておき、王族を打ち負かして国を支配できる算段は？　何かないと国民だって従わないし、他の大臣や王位継承者たちも黙っていないのではなくて？」

「そうなんです。私が見えるのは、ガーディが死ぬということ……正確には彼の葬儀に参列している自分の姿……そして……」

　グレースはそれより先を口にしたくない様子だった。

　私もそれを無理に聞こうとはしない。

「ふーむ……王妃様『自身』のことはわかるって話だものね……」

　とにかくガーフィールドが死ぬということだけはわかっている。

　どういう状況でそうなるのかは大体予想はつく。

　それはグレースも同じ結論らしい。

「ですが、可能性があるとすれば……」

「停戦交渉の時」

　グレースはこくりと頷いた。

　さて、それがわかったところで問題は多い。

「国王陛下が暗殺される危険性があるから、停戦はなし！　とは言えないわよねぇ。だったら護衛の数を増やせばいいし。それに、当の大臣たちが怪しいと来た。しかも証拠はない。ところで、こういう時ってザガートの出番じゃないの？」

「そうなんですけど、ここしばらく姿を見ていないのです。恐らくは軍務だと思いますが」

「あいつが裏切っているという可能性は」

「ありません」

グレースはきっぱりと答えた。

まぁ私もそれはそうだと思う。

「だとすれば、あいつは何を企《たくら》んでいるのやら……まぁ、国のためになることだとは思うけど。うーん、手詰まりよ。国が亡くなったら私も困るけど、かといって私たちが国軍を動かせるわけじゃないし、大臣たちを追及する証拠だってない」

うぅん……マッケンジー家の権力は鉱山と製鉄においてはなんとかなるし、騎士団とも仲良しだけど国政となるとまた話が変わってくる。山を私たちに売った貴族たちなら多少丸め込めそうだけど弱いわね。

「んんん……よし！」

私はパンッと両手を叩《たた》いて、決意する。

グレースはその音にびっくりしたようで、びくりと体を震わせていた。

「ちょっと待ってて」

私はグレースを部屋に置き去りにしたまま、外に飛び出す。

「え、えぇ……」

後ろの方でグレースの困惑する声が聞こえたような気もするけど、気にしない、気にしない。

そうして――

＊＊＊

数分後。

私の部屋にはテリダたちが集まっていた。

「みんな、もう知っていると思うけど、こちら、グレース王妃様よ」

「あ、グレースです。初めまして」

なぜかグレースがぺこりと頭を下げる。

それを見てテリダたちはきょとんとしていたが、すぐさま苦笑しつつも、膝を折って、深々とお辞儀をする。

「お顔を上げてください、クイーン・グレース。お会いできて光栄です。私どものような者に、お目通りをお許しくださり、こちらこそ、ありがたい限りです」

「はいはい、そういう堅苦しい挨拶はおしまいよ。テリダ、ちょっとお願いがあるの。お出かけしたいから、王妃様のおめかしをお願いしたいのだけど」

「お出かけ、ですか？　私たちが、クイーンのお化粧を？」

いかにも肝のすわったテリダでも、さすがに王妃に化粧をするというのはなかなか、遠慮というものがあるらしい。

「い、いいのですか？」

「いいわ。そうでしょう、グレース」

「え？　えぇ、はい」

「そ、そういうことでしたら……いすず、あなた、とんでもないことさせてる自覚、ある？」

「あるわよー」

テリダはぼそっと耳打ちをしてくるが、別に怒っている様子はない。むしろ他の奥様たちはどこかノリノリだ。

「王妃様は身分を気にしない方よ。最低限、失礼のないようにとだけは言っておくけど」

「心得ていますとも。さて、クイーン。失礼いたしますね？」

「えぇ！」

そんなこんなで、テリダたちにもみくちゃにされるグレース。

困惑はしつつも、案外楽しそうだった。

そして何より、グレースはすぐさま彼女たちと仲良くなっていた。流石《さすが》は元主人公といったところかしらね。

「え、それでは、皆さん……」

「そ、元娼婦《しょうふ》。ごめんなさいね、そういう職業の出なもので、失礼もあるかと思いますが」

「そ、そのようなことはありません！　ですが、その……」

「今は身請けされた身だし、ここで好きなように、好きなことをさせてもらっています」

「好きなこと、ですか？」

「えぇ、ここでこうやっているのも好きなことです。奥様のおかげで、店を持つことができた子もいるし、勉強をできている子もいる。私なんかは、頭まで筋肉だけが詰まってる大男たちの面倒をそれなりに楽しく見てるし、工場の小僧っこたちに教師まがいのことも、できるようになりました」

「先生、ですか？　そういえば、ケイン先生がこちらで色々とお仕事を」

「あぁ、あのひょろひょろ先生。あの人のおかげでね。私、こう見えて昔は教師になろうとしていたんですよ。ま、色々あって娼婦やって、ようやっとですけどね」

「そうなんですか……皆さん、大変なご苦労を」

「楽しいことばかりじゃなかったのは事実でしょうね。でも、今の生活には満足してるわ。それが崩れないでほしいとも思ってる。はい、これでどうかしら」

テリダはどうやらグレースに昔話を語っていたらしい。

その間に、王妃だった少女はいつの間にかちょっとこじゃれた町娘って感じの服装に変わっていた。

「頬紅を少し変えるだけで、印象は結構変わるものよ。私たちも、昔はこういうことを覚えさせられたからね」

「ありがとう、テリダ。今度何かお礼をするわ」

「それじゃ、学校にストーブ」

「お安いご用よ。用意させようと思ってたところ」

「そう？　それじゃ別のお願いにしようかしらね」

「お風呂を開放するわ」

「いいね。男厳禁？」

「当然」

「じゃ、それで行こう。ですけど、奥様？　あまり、クイーンを夜遅くまで連れまわさないでください ね？」

「私だって優等生よ。門限までには帰るわ。それに王妃様も明日はお早いお帰りだもの」

そう言って私はグレースの手を摑《つか》んで廊下を走る。

この気分はなんと言うべきか、そう……妹が出来たみたい。

「あの、どこへ？」

「ごはんよ。付き合いなさいな」

「え、でも、お屋敷の……」

「たまにはいいのよ。うち、そういうの自由だから。今日のお屋敷仕事はお休みよ」

＊＊＊

「だからって王妃を連れだすか普通」

「たまにはこういう気晴らしもいるでしょ」

さて、私とグレースだけで街に出ても特に問題はないのだけど、一応、グレースは王妃様だ。なので、領主がそばにいれば不埒《ふらち》な連中も近寄ってはこないだろう。まぁうちの領地は、そこらへんしっかりさせてるけど、まだまだ気質的には荒い人が多い。

酒に酔って乱闘騒ぎ、なんてのはたまに耳にする。

そのあたりは自由だけど、やっぱり私は飲み会って空気は嫌いだ。

だけど、お屋敷のような格式ばった場所だと自然と空気がかしこまってしまう。街の喧騒《けんそう》というのは耳障りな反面、多少のノイズがかえって落ち着くこともある。

「ったく、コックにどやされるのは俺なんだぜ。あいつら、まだ俺を坊ちゃん扱いだしな」

「良いじゃない。アットホームで。それに、みんなあなたを信頼してるわ。領主様」

「自由にさせてるからだろ。んで、どこ行くんだよ」

「サミュエルのところよ。騒がしすぎない場所ってそこぐらいだし」

「違いない。中央の酒場は工場連中のたまり場だしな」

改めて、領内を見て回れば、実感できるのは中世から近世への移り変わり、産業革命前夜のヨーロッパはこういう光景だったのかもしれないと思う。

まだ石畳の道路に、馬が闊歩《かっぽ》して、露店が立ち並ぶような中世らしい街並みに、工場の煙突と煙が見え隠れしていて、あちこちで作業の音が聞こえる。

同時に、私がそうするように推奨したことも大きいけど、経済活動の活性化がよくみられる。みんな、よく働いているし、子供は騒がしく遊んでいる。

戦争状態の国とは思えない、良い意味での騒がしさがそこにはあった。

そして、これを自分が成し遂げているという自覚が、今更にわいてくる。

かつてはただの三十路《みそじ》研究員、ついでに独身。それが今や、転生というファクターを踏まえても、領主の妻で、経営者になってしまった。

人生、何が起きるかわからないってのは本当のことだった。

「工場がたくさんあるのですね」

まるで初めて都会を見たような表情で、グレースはマッケンジー領の街並みを眺めていた。

確かに、王都でもここまでの工場密集地帯はないだろう。

街に繰り出したのは、この光景を彼女に見せておきたかったからというのもある。

そうすれば、私のやろうとしていること、未来のヴィジョンというものがちょっとは理解されるのではないかと思って。

「そのせいで少し空気が悪いのが難点だけどね」

このあたりはちょっと言い訳ができないところだ。

「最終的に、工場はもっと別の場所に移転させなきゃってところね。人も集めたいし、スペースも欲しい。今はまだ問題が表面化してないだけよ。そろそろ、工場の煙や排水による健康被害も出てくるわ。その時、私たちの手腕が問われるの」

産業革命を目指す。それは良い。

というか、今のところのゴールはそこにある。だけど、過剰な工業化を進めて利益だけを求めて、他は無視というのは私個人の中で嫌なのよね。それが綺麗事《きれいごと》、絵空事だとはいえ、できる限りの努力はしたいじゃない。

だから私は炭鉱の採掘もローテーションを組ませて、どこまで意味があるかわからないけど、手洗いとうがいは徹底させている。

彼らはなぜそんなことにこだわるのかと首を傾《かし》げているけど。

それらをおこなっても、体を壊す者は出るし、事故やケガもなくならない。結局は、そう完璧なものはないってわかる。

「産業のことだけを考えているわけではないのですね？」

グレースはちょっと感動しているようだった。

「……まぁ、その手の問題は私たちの子孫に任せることになるでしょうけど」

「子孫……長い話です」

「環境を整えるってそういうものよ。でも、案外早いかもね」

さぁそんなちょっと難しい話は後回しよ。

「少し小さいけど、いい店よ。ちょっと変わった食べ物も多いのだけど」

たどり着いたのはいわゆるパブと呼ばれるところだ。

どうでも良いけど、パブとバーの違いは結構大きい。パブは飲み屋でもあるけど、それだけじゃなくて普通に食事処《どころ》としての側面もあるし、少し大きな店なら簡易的な宿泊施設も兼ねていて、場合によっては大人数で集まる時にも使える。

バーは、乱暴に言えばお酒を提供するところだ。

この二つの違いは近代化とともに徐々になくなっていくのだけど、こっちの世界ではまだそれなりの区別をつけているようで、時間帯が昼間ということもあり、子連れの客の姿も見てとれる。

「おーい、爺《じい》さんたち、やってるな?」

「アベル、言葉使い」

近くにグレースがいるのに、口調が炭鉱にいた頃のものになっているアベルの脇腹を小突く。

「ん?　おぉ、アベルか。それと……これは、これは……奥様」

店の奥、厨房《ちゅうぼう》を兼ねた場所から顔を覗《のぞ》かせたのはサミュエルだった。

私が炭鉱で世話になっている時に色々と手伝ってくれたおじいちゃんズ三人組のリーダー格。

戦争の停滞と同じ時期に隠居すると言っていたのに、気が付けば店を構えている。

当然、ここにはサミュエルの他にヨシュアとオレーマンもいる。

二人は店の隅でラッパのような管楽器を演奏していた。ちょっと音程外れてるけど。

「相変わらず元気ね。お体、大切にしてくださいよ?」

私の言葉にサミュエルはしわをさらに細かくするような笑顔で笑いながら答えた。

「ははは!　老い先短いジジイの道楽です。ですが奥様のおかげで、ほれ、この通り、孫が生まれます」

サミュエルはそう言って店の奥が見えるように体をそらした。そこにはガタイのいい男性が無表情で料理を作っているのが見えた。その隣にはお腹《なか》を大きくした女性が座りながら、客の対応をしていた。

男性の方はサミュエルの息子で、田舎から呼び寄せたらしい。

「おや、今日はお連れ様がおられるようで？」

「ええ、秘密のお客様よ」

「はて？」

「グレース王妃様よ」

小さく囁《ささや》くように教えると、サミュエルはぎょろっとした目を大きく見開いて、恭しく頭を下げた。

「これはこれは……ささ、ここは汚い、上の階にご案内しましょう」

サミュエルはウキウキとしながら私たちを案内した。

「しかしこりゃあ、おったまげたぁ……あぁいや、これは失礼を。わしはサミュエルと申します。今はしがない店番でごぜぇますが、若い頃は王国の一兵士として……」

こういう態度はきっちりとしている人だ。

グレースも、少し慌てつつもサミュエルにきちんと返答をしている。

ただ、そろそろ他のお客様がこちらに注目を始めていた。

私たちは急いで二階へと上がっていく。

「サミュエル、料理はおすすめをもらうとするか。ドリンクは酒以外でな。さすがに昼間で、仕事もある」

「ええ、ええ、了解ですとも。奥様だけではなく、まさか、王妃様まで……アベル、お主、やっぱり凄《すご》いの」

「いーから、さっさと仕事に戻れよ爺さん」

サミュエルの背中を押して、無理やり仕事に戻らせたアベルは一度、私たちの方を振り向いて、肩をすくめる。

「私、パブなんて初めてです。学園にいた頃は下町の食堂ばかりだったから、どんなところだろうって思っていたけど……お、おいしいごはん食べられるかな」

グレースはもはや王妃というより都会に出たばかりの田舎娘みたいになっていた。

その姿がどっちかといえば素に近いのだろうけど、そういうのを抑えて王妃として振る舞うのは大変なストレスでしょうに。

「凄いウキウキしてる……」

「あ、ごめんなさい！　あの、その、ガーディと結婚してからは、その……」

「あなたはもうちょっと図太く生きるべきよ。王族の一員なんだし、多少の好き勝手は許されるわ。あんまり、外食とかもできないんでしょ？」

「えらそうに言うんじゃねーよ。お前も基本は屋敷と会社に引きこもってばかりじゃねーか。工場に風呂作ったのも面倒だからだろ。あそこ、ちょっとしたホテルになってるぜ？」

「う、うるさい！　私は効率を求めてるのよ！」

茶々をいれてくるんじゃないアベル！

「それを言うなら、あなたはきちんと体を洗いなさいな！　さっとお湯に入って、さっと上がるだけじゃない！　サウナも嫌いだって言うし！　子供か！」

「熱いのが苦手なんだよ悪いか！」

「子供じゃない！」

「うるせぇ、どうでもいいだろ！」

領主や貴族の仕事をしない時のアベルは、風呂にも入らずに汗だくでうろついていることも多い。それを屋敷の古くからの使用人に咎《とが》められている姿をよく見かける。

あちこち、根回し、手回しで工作してくれているのは助かるけれども。

「あの、二人とも、そんな大声で」

グレースが制止をした瞬間。

くるる～、とまるで小動物の鳴き声のような音が聞こえた。

それはグレースから聞こえて、私とアベルは口論をやめ、一瞬お互いの顔を見合わせてから、そろってグレースへと視線を向けた。

すると、お腹を押さえて、顔を赤くしたグレースが申し訳なさそうに立っているのであった。

「あ、あはは……お腹、空きましたよね？」

＊＊＊

パブでの料理は意外と豪華というか、サワークリーム的な白くてさっぱりとしたソースのかかったサラダに、肉が添えられたちょっぴりおしゃれな代物。

というか、この肉、もしかしなくても鴨肉《かもにく》じゃないだろうか。

鴨肉って高級品のイメージがあるのだけど。いや、普通に高級品よね？

なのに、お値段はちょっと高いけど、平民でも支払えなくはないレベル。

「あぁ、これとってもおいしいです！」

そしてグレースはここ最近で一番の笑顔じゃないかってぐらい、満開な表情を浮かべている。

「王妃ともなれば豪華な食事なんて毎日出ていそうなものだけど？」

「おいしいものに区別なんてありませんよ。おいしいはおいしい。それでいいじゃないですか」

そう言いながらグレースはパクパクと食事を続けている。

そういえば、ゲームでも私がプレイした範囲では、確かによく何かを食べているイメージがあったけど。

お菓子が好きって設定は確か公式のものだったと思うけど、こんな痩せの大食いみたいな子だったの？

グレースは鴨肉サラダをぺろりと平らげ、今度はソーセージに手を付ける。なんだか妙に赤黒いけど、これは多分、豚の血のソーセージだ。

「あなた、それ、よく食べられるわね……」

赤黒いソーセージをグレースは気にした様子もなく頬張っていく。

添え物の薄いクレープや、追加されたサラダなんかと一緒に食べては幸せそうな顔をしている。

「へ？　だって、ソーセージですよね？」

「いや、そうだけどさ。それ、豚の血が入ってるのよ？」

「そりゃあブラッドソーセージですし、入ってますよね？」

なに変なこと言ってんだろうこの人、みたいな目で見られた。

なんだろう。これはこれでちょっと、むかつく。

「や、そうじゃなくて」

血のソーセージ。これだけ言うとなんだか変に聞こえるけど、この時代だとそう珍しいものじゃないらしい。

家畜の血を混ぜ込んで、無駄なく活用するという知恵。あと、栄養価も高いとか。

でもなぁ、私、これ苦手なのよね。アベルとかは「この風味がたまらねぇ」とか言ってるけど、なんというか、響きというか、見た目というか……ねぇ？

「ブラッドソーセージって、苦手な人が多いんですよね。でも、おいしいですよ？」

「あぁ、全くです王妃様。このソーセージとシードルがあれば一日の疲れも吹っ飛ぶ勢いなのです。それなのに、いすずは酒は飲まない、好き嫌いは多いとわがまま放題なのです。これで領主の妻というのですから、示しがつきませんとも」

「あ、それはいけませんよいすず。食材全てに感謝を込めて食さないと。失礼に当たります」

な、なんだこいつら。

なんで結託してきたんだ。私はキッとアベルを睨《にら》みつける。が、アベルは全く気にせず自分の食事を続けた。

何よ。好き嫌いがあって悪いのかしら。こっちはね、中身現代っ子なのよ。

三十路手前だけど。

「ふん、なんとでも言いなさい。私は、日々の業務で領主の妻としての威厳を保っていますので」

という言い訳を挟みつつ私はとにかくお肉を食べる。サラダもそれなりに。なんにせよ、料理が新鮮でおいしいのは良いことだ。

＊＊＊

「ところで、マッケンジー領では、コルカットの者たちを受け入れていると聞きました。その者たちの姿を見ておくことは可能ですか？」

お腹もいっぱいになったし、さて次はどうしようかと考えていた矢先のことだった。

アベルが馬車の準備をしてくるという間、私たちは個室で待機していたのだけど、その時にグレースがそんなことを言い出した。

私は食後の紅茶を飲みながら、それを聞いていた。

「いいわよ」

「そ、そんなあっさり。いえ、私としては望ましいことなのですが」

「どうせそのつもりだったし、こっちに来たのも国王のことだけじゃないんでしょう?」

マッケンジー領にはハイカルンによって国を追われた難民たちの居住区が確かに存在する。私は彼らを手厚く保護して、労働力や戦力として利用していた。全てが善意ではなく、こういう打算的なところもある。

そして彼らは今、私の期待以上に働いてくれている。作業に慣れてきたのと、仇敵《きゅうてき》打倒を掲げた今、彼らの士気は非常に高い。

それを利用している……というのもまた事実だ。

「ただ、あまり気持ちの良いものではないわよ?」

言葉は悪いが彼らは敗残者たちだ。

かつて、彼らを保護した直後は目が淀《よど》んでいて、多くの怪我人《けがにん》もいた。

今なお、それに苦しむ者もいる。家族や土地を失った憎しみをたぎらせる者もいる。

もしかするとグレースに心無い言葉を浴びせかける者たちもいるかもしれない。

「理解しています。ですが、私は今、この国の王妃です。ならば、それを見なければいけない。ガーディの代わりに……」

別に、そこまで気負わなくても良いと思うのだけど。

まぁやる気になってるようだし、私もそのつもりだったし。

「私も、彼らのあの姿を見るまでは、戦争なんて遠い場所の出来事だと思っていたけど……違ったわ。だから、気持ちのよいものじゃない。彼らを普通の生活に戻すためには、長い時間がかかりそうだって、思うわ」

私たちはアベルが用意した馬車に乗って郊外へ移動した。

領地から近い難民キャンプは、比較的自治が安定している。

もともと、製鉄工場を増築する予定の場所だったのも大きい。そこは、土の質は悪いけれど、畑が作れないというほどじゃないし、彼らがなんとか連れ出せた家畜も飼っていける広さはあった。

「他はもっと悲惨だわ。王国からも援助が来てはいるけど、それ以上に難民の数は多いし、治安だってそんなに良いわけじゃない。ここは、マッケンジー領が近いのもあってか、安定はしているけど、彼らの不安や不満は完璧に解消されてるとは言いがたいわね」

利用している以上、彼らの復讐心《ふくしゅう》は貴重であり、事実効率も上がっているけど、それはそれ、これはこれ。

今は目的を持たせて、仕事に就かせているから表面上は言うことを聞いてくれているけれど、徐々に冷静になれば狭く、荒れた土地をあてがわれた不満は噴出することだろう。

「世情が安定しないと、大きな街も作れやしない。それにこの手の話は、十年ぐらいは視野に入れないといけないことだし。でも、今はまだ戦争から逃れられたという状況があるから、ある程度はごまかせる。中には国を焼かれた恨みを晴らすために働く者や兵士に志願する者も増えている。戦争が起きなきゃ、こんなことを急いで考える必要もなかったのだけどね」

戦争は、経済活動や外交活動の延長線上にあるという言葉を聞いたことがある。

それは多分間違いじゃないし、観念的な話はさておいても、そういう考えにまとまっていくのかもしれないわ。

でも、中世での戦争というのはどちらかといえば支配欲によるものというイメージが強い。

ただ結局、それも大きな枠組みに当てはめれば経済的な理由があるのだろう。

「人間は、土地がなければ食べていくことも、お金を使うこともできない……」

グレースがつぶやくように言った。

彼女の言う通りだ。何を持っていようと、それを使える場所がなければ意味がない。

だからこそ、ここはまだ安定している。土地はあるし、お金も使える。領地から遠い場所にある他の避難区域は騎士団による輸送部隊が物資を運ばないといけない分、手間がかかるし、どうしても後回しになることがある。

正直、マッケンジー領内だけからの支援ではキツイ。

「だがね、お二人さん。人間、やろうと思えば裸のままでも暮らしていける。俺たちのご先祖様は実際、そうやってきたぜ?」

アベルはもくもくと上がっていく工場の排煙を見ながら言った。

マッケンジー一族はサルバトーレ建国時からの古い家。

そこから地方とはいえ、貴族に上り詰めていった。

「我がマッケンジー一族は、まぁつまり山師だ。山の民って言われていた一族の末裔《まつえい》でな。魔法が使えるから貴族になれたが、本質としては裸足《はだし》で駆け回ってた側だった。山を切り開いて、地下水を確保して、土壌を作って……一つの領地として安定するまでにそれこそ何十年、何百年とかかったらしいが、できるんだよ、人間ってのはな」

確かに大きな成功例がここにはある。それは希望でもある。

余裕ではないが、悲観するほどでもないということでもあるのだ。

「彼らは、懸命なのですね」

グレースの視界に、避難民たちの様々な姿が映り込んでいった。

ここはとても騒がしい。工場は全力稼働しているし、荒れた土地を今なお耕す者もいるし、兵士として訓練を続ける若者もいる。

だけど、その周りでは笑顔を見せて遊んでいる子供たちもいれば、お互いに協力しながら仕事を続ける大人たちの姿もある。

決して悲愴《ひそう》な現実だけが転がっているわけじゃない。

それでも彼らの中には不安が残っている。

そして、この光景を見たグレースが何を思うのか、それは私にもわからない。

だけど、彼女は、何か答えになるものを求めてここに来たように思う。

それに対して私ができるのはこんなことぐらいだ。

話はいくらでも聞いてあげられる。でも、それだけじゃ多分、解決できない。

「お城にいるだけじゃ見えないことってあるのだとは思っていました。それに私は、元は平民で、苦労を理解しているつもりだった。でも、ここにはそれ以上の苦しみがあるのですね……」

どうせなら、経験をしたくない苦しみだと思う。

私だって、嫌だ。

「仮に停戦交渉が破綻して、サルバトーレが負けるようなことがあれば、我らの民が同じ苦しみを味わうということになるのですね？」

「わかりません。ですが、不幸になることは間違いないでしょうね」

それが現実だと思うから。

「そして、サルバトーレがハイカルンを下しても、同じものを作り出すことになる」

「そうね。でも、そうはならないかもしれない。私たちは、大国サルバトーレよ？　国を焼いた責任を取るだけの力はあるはず」

根拠のない自信だ。

でも、そうでも思ってなきゃやれっこないわ。

「決めました」

グレースは顔を上げた。

それは、いつか見た、大人の顔だ。

「私は、ガーディに生きてもらいたい。あの人に、新しい光を見せてあげたい。新しい光景を見てほしい。そのためならば一時の戦争も、暗いものも飲み込みましょう。私たちの子の代に重荷を残さぬためにも、親の顔を知らない子を生まないためにも……私、やれることをやるつもりです」

グレースは私たちに真正面から向き合った。

「一度決まったことですから、停戦会談をやめることはできません。国同士の動きでもありますので。ですが、その時になったら。協力してくれますか？」

彼女が何を企んでいるのかはわからなかった。

だけど、それは向こうだって同じだろう。私のやろうとしていることは多分彼女にそこまで理解されていない。それでも、国王の暗殺を予知したという秘密を打ち明けたのだから、彼女の覚悟は相当のものだったはずだ。

であるのならば……。

「もちろんです。マッケンジーは常に、王家と共に」

＊＊＊

王妃の訪問からそう時が経《た》たぬうちに、サルバトーレは厳しい冬を迎えた。

「寒い！」

屋敷の自室。ベッドから出たくなくなるほどの鋭い冷たさが肌を刺していた。

サルバトーレの冬は想像以上だった。私がこの異世界に転生したのは春頃で、冬を感じたのはこれが初めてだ。サルバトーレを含むこの大陸が地球のような丸い惑星にあるとして、大体どの緯度にあるのかはわからないけど、サルバトーレの冬は、めちゃくちゃ寒い。というか凄い雪が積もっている。

まさしく一面銀世界……というか、若干吹雪《ふぶ》いてる気がするのだけど。

窓をバシッ、バシッと雪だか霙《みぞれ》だかわからないものが叩いている。

「うぅ……こういう時、石油ストーブがあれば、ハロゲンヒーターがあれば、こたつがあれば……！」

などと文句を言っても仕方がない。

私は屋内だというのに分厚いコートを羽織って部屋から出る。

元の世界であれば思う存分、室内を暖めてからゆっくりと布団の中から這《は》い出るのだけど、この世界ではそういうのは許されない。

むしろ貴族などの位が高い者ほど、民衆にその姿を見せつけるため、規律正しい生活をおこなうのが責務とまで言われているぐらいだ。そのわりには贅沢し放題な貴族が多い気がするけど。

この考え方はいささか古いものらしい、そしてマッケンジーは古い田舎の地方領だ。そういう見方が根強い領地の妻になったのだからそれは守らなくてはいけない。

貴族の務めというものだ。でもね、寒いのだけは無理なの。

屋敷の食堂まで行けば常に調理のための火があるはずだし、さっさとそこに逃げ込みたいのだが、実はそうもいかない。

というのもテリダに起こされた私は「先生がお呼びです。鼻息荒くして」との報告を受けて、この猛吹雪の中、屋敷から出て工場区画の方へと向かわなくてはいけない。

　先生とはもちろん、ケインのことだ。本当なら彼も本職である教師の仕事をしなければいけないはずなのだが、うまいこと休みを取ったらしく、ここしばらくはこの領地に滞在している。

　しかも、工場区画に構えた自分の研究室に引きこもり気味で、食事なども誰かが運ばないと口にしないレベルで。

　元のゲームでもケイン先生は没頭しすぎるとそうなるという描写がある。確か、先生のルートではそれを気にかけたグレースが世話を焼くことで攻略が進むはずだ。

　しかし、そのグレースはガーフィールドルートに入ってしまった。

　となるとケイン先生のストッパーが存在しない。そして彼は熱中し続けているというわけだ。

　そう考えるとちょっと心配になってきた。まさか研究室で凍死なんてしてないでしょうね。

　この猛吹雪の中、いくら室内とはいえ引きこもっているとなると不安だ。

「この雪のおかげで戦争が一旦止まっているのはありがたい話なのだけど」

　廊下の窓から見える景色も変わらず真っ白。

「うへぇ、この外に出るの……？」

　一部の例外を除いて、この冬の時期はどの国も雪と氷、そして寒さによって動きが制限される。吹雪ともなればいかな軍隊でも遭難し、全滅することがあるのだとか。

　ある意味で、この冬は救いの冬とも言える。

　グレースの言っていた停戦会談もこの雪が止《や》み、氷が解けないことには実行できないだろう。

ガーフィールドの国王即位を早めに進めた理由は、価値観や戦略だけではなく、こういう時期的な意味合いもあったのだろう。

「全く。アベルも、夫なら妻を待ってくれてもいいじゃない」

領主であるアベルもケイン先生に呼び出されているらしいのだが、どうやら一足先に向かったようだ。

実際は私が部屋から出ていくのが遅かっただけなのだが……。

魔法で小さな火を灯《とも》して暖を取ることはできるけど、猛吹雪のせいで火は簡単に消えてしまう。

「小型ストーブをもっと量産させるべきね」

私は意を決して更なる厚着を重ねて外に飛び出る。

すると、玄関の近くには馬ではなく牛につながれた籠、牛車が待っていた。

冬場は馬ではなく牛を使うのがこの地方なのだ。これが王都とかになると屈強なモンスターとかを使うらしいけど。

籠の小窓が開くと、そこからアベルが顔を出す。

「ようやく出てきたか。ほら、乗れよ」

同時に、籠からはほんのりと暖かな風が流れくる。

薪の焼ける香り。間違いない、ストーブもある。

それは元の世界ではだるまストーブと呼ばれていたものだ。鋳鉄製の暖房器具。形状としては球体、もしくは寸胴型であり、『だるま』に似たその見た目から日本ではそう呼ばれていた。

「待っててくれたの？」

「この雪の中、歩いていくわけにもいかんだろ。というか遅いんだよ、お前さんは」

「悪かったわね……冬は苦手なの」

籠の中に入ると、暖かな空気が出迎えてくれる。

一応貴族なので、移動用の籠はそこそこ大きくだるまストーブもなんとか配置できる。

ちょこんと丸い黒光りする鉄製のストーブ。

その構造そのものはかなりシンプルであり、ようは暖炉のようにその中で薪や石炭、コークスを燃やして、熱を発生させる。一定方向に熱を送るファンヒーターとは違って、ストーブそれ自体が全体的に熱を放射する形となって、煙は煙突から排出される。

その煙突は籠に穴をあけて無理やり外に出しているので実はちょっと不安定だったりする。

この煙突の手入れがとても大変なのだけど、現状の技術力ではどうしてもそこを即座に改善というわけにはいかない。しかも小さいとはいえ重たい鉄だ。こういった籠に乗せるにしても下手にやると重みで床を突き破ったり、火花が散って火災になる恐れもあり、安全面においてはまだまだ普及させるには難しい。

それに、鉄製なので、当たり前だけど素手で触ったら大やけど。

ただ、それを利用してストーブの上部を平たくすることで熱した鉄板として、元の世界ではやかんでお湯を沸かしたり、料理を温めたりしていた。

こっちの世界でもその有効性に気が付いてパンなどを焼いてみようとする人がいるらしい。

「紅茶はないが、スープならある」

アベルは鉄製の小さな鍋をストーブで温めていた。木製カップに注がれたそれを受け取り、私はゆっくりと口をつける。じんわりと熱が体中に伝わっていくのがわかった。

「ありがと……」

「このストーブってのは良いもんだ。熱が凄い。暑いぐらいだ。まぁちょっとばかり火をつけるのが難しいのとあぶなっかしいってのが難点だが」

慣れないと火事にだってなりかねないが、それでもこのだるまストーブの配給によって領地内で凍死する者はいない。

何より私がストーブの生産をさせたのは、領民だけではなく新規開拓によって鉱山の周辺に住むことになった、先の避難民の人たちへのフォローでもある。

グレースにも見せた通り、彼らの生活は良いものではない。土地を与えられたといっても、未開拓地がほとんどだし、鉱山の仕事に加えて、彼らは住居だって作らないといけないし、畑なども自分たちで耕さないといけない。そんな中でこの寒波だ。

まともな暖房器具がなければ一体どれだけの人が犠牲になるか。

命からがら戦争から逃げてきたというのに、これではあまりにも可哀《かわい》そうである。

そういう意味では我がサルバトーレという国はお人よしというか、人道的というか、それとなくお願いすると、資金を融通してくれる。とはいえ、資材の方はこっち持ちなのだけど。

だけど、まさかこんな吹雪くような冬だとは思っていなかった。正直、これは私が冬という季節を舐《な》めていたからだ。だって……北国生まれじゃないし……雪や氷は身近じゃないのだし……外国の山を登る時だって、冬場は避けていたし……。

「もっともっと安全なものを作っていくわよ。それより、ケイン先生の呼び出しの理由って聞いたの？」

「いや、俺も知らん。使いに出されたティバ曰《いわ》く、興奮してて何を言ってるかさっぱりわからんときた。それでもって、お前さんは部屋でぐーすかと寝てるわけだから、テリダに部屋まで行ってもらったというわけだ。とりあえず、何か作ったらしいんだが」

ケイン先生の発明か。

色々と想像はできるけど、あの人の技術力の向上には目を見張るものがある。私の想像を超えたものを作っていそうな気もする。

楽しみであると同時にちょっとした不安を抱えつつも、私たちを乗せた牛車はゆったりと吹雪の中を進んでいく。

そうこうしてケイン先生の研究所に着くと、既に奇妙な異変が起こっていた。

研究所のすぐそばに何やら鉄塊がある。鉄の塊、そうとしか言いようのないものだ。それがもくもくと黒煙を上げながら不規則ながらも前進を続けていた。そのすぐそばには厚着姿のケイン先生の姿もある。

「あれって……」

四角い鉄塊を積み木のように組み合わせた長方形の何か。それにいくつかの車輪を取り付けただけの代物。

言ってしまえばそれは小さな子供が生まれて初めて、工作で作ったような箱型の車といったところか。

しかし形はさておき、その動く鉄の塊を見て、私はハッとした。

「まさか……蒸気機関車？」

私の知る蒸気機関車とはかけ離れた造形をしているそれは、蒸気を噴出し、石炭が燃える黒煙を吐き出して動いている。動くといってもぎこちないもので、何度も何度も立ち止まっているし、状態も不安定だ。

そんな塊のすぐそばでケイン先生はなんとも奇妙な笑みを浮かべて、それを眺めていた。

「先生！」

「なんだこりゃ、鉄の塊が動いてるのか？」

私たちの呼びかけにケイン先生は一、二秒してからやっと反応をした。

「あ、あぁ君たちか。うん。よく来てくれたね。見てくれ、蒸気機関の研究をしていて、僕はこの蒸気の力の素晴らしさを理解できてきたんだ。もとより鉄鉱石、鉄を溶かすほどのパワーを誇るこのシステムをもっと別のものに転用できるはずだと！　汲《く》み取《と》り式のポンプは安全性を考えて小さく単純な構造にしたけど、これは凄いぞ！　こんな大きな鉄の塊が、石炭と水だけで動くんだ！　ははは！」

ケイン先生は興奮していた。

そして、私はそれが間違いなく蒸気機関による機械、それも自走できる蒸気機関車の試作品であることを理解した。

だけど、そのいびつな動きを見るに恐らくまだ完成度は低いのだろう。

いや、だとしても、この先生は数世代先だったはずの蒸気機関駆動のひな型を完成させたというの？

というか、いつの間にこんなものを……。

「先生、まさかずっと引きこもっていたのって、これを作っていたの？」

「その通り！　理論はわかっていたんだ！　こうして形にしてみて、実験をすることで問題点もわかってきた！」

ケイン先生がそう言うと、鉄の塊はバキバキと嫌な音を立てて、動かなくなる。恐らくだが車輪やそれを支えるフレームが重さや熱に耐えきれずに折れたのだろう。

蒸気が噴き出る音も次第に弱くなる。もしかすると、この鉄の塊を動かしていた蒸気機関も未完成品なのかもしれない。

「とにかく『動かす』ことはできるんだ！　蒸気の力で、重たい鉄の塊を動かせる！　魔法も使わずにだ！　でも、まだまだエネルギーの伝導が非効率的だし、蒸気の循環も弱い！　鉄の強度も、いいやそれ以上に蒸気機関の作り込みが甘いんだ！　でも、悔しいけど僕じゃここまでなんだ。あともう一押し、それを掴み取ることができないんだ！」

興奮冷めやらぬケイン先生であったが、その刹那、ぷつりと糸が切れたようにその場に倒れ込んだ。

「先生！」

それを見てしまった私たちは大慌てである。

「先生さんよ、おい、大丈夫か……って、こりゃひでぇ……目を回してやがる」

アベルによって抱えられたケイン先生は薄ら笑みを浮かべたまま、ぶつぶつと何かを言っていた。

「世界は変わる……この発明で……へ、へへ……ぐふっ」

ケイン先生は小さくせき込み、ついに意識を手放した。

同時に私とアベルはお互いに顔を見合わせて、肩をすくめるしかなかった。

「と、とりあえず……医者？」

うん、まず休ませよう。

「飯じゃねぇかな……食ってるのか、この人？」

アベルの心配もその通りだろう。なんか、頬がこけてる気がする。

「それにしても……先生は一体、何を作ったんだ？　動く鉄塊ってのはわかるんだが」

もう蒸気機関も止まり、次第に冷めていく鉄の置物と化したそれを見ながら、アベルは先生を背負う。

「いつか、話したでしょ。これは……鉄道。その先駆けよ……まさか、こんなに早くひな型が出来るとは思わなかったけど」

猛吹雪による寒さを吹き飛ばすような衝撃が続いたわけだが、これは笑い話では終わらない。

文明の針を何時間分も進めるような大発明だ。

いえむしろ、そう感じるが当たり前なのだ。いくら石炭による製鉄をもたらしたとはいえ、これは少し私の想像を超えている。

蒸気機関によって動く乗り物……その試作機がもうここで組み上げられている。

そして動いてみせた。

間違いなく、私が望んだ代物だ。

何十年かかるかもわからないもの。下手をすれば私が生きている間には生まれなかったかもしれない発明の芽吹きが既に始まっている。


その時の私は一体どんな顔をしていたんだろう？

＊＊＊

しかしながら、躓《つまず》いているのは事実だった。

確かに蒸気機関による機械は一応の成果を見せたが、件《くだん》の開発者であるケイン先生はここにきてダウン。数週間も研究所に引きこもって最低限の食事しかとらずに、付け加えるならどれだけ睡眠を削ったのかはわからないけど、とにかく彼はちょっとシャレにならないレベルで体調を崩しているので、王都へと戻すことが決定した。

まずあの人の本職は教師であり、まだ学校にその籍を残している。

確かに私たちは知恵袋として先生に頼りきっていたので、あまり偉そうなことは言えないのだけど。

むしろここに至るまで、うまく事が運びすぎている気もしたし、ここでのストップはある意味では仕方ないことだ。

「で……なんで、あなたがここにいるわけ？」

さて、そんなこんなでケイン先生を療養のため、王都に戻してから三日後のことだった。

私は朝からちょっとした事務仕事を片付けてから、遅い朝食を取るべく屋敷へと戻り、食堂へと足を運んだ。

するとそこには客人がいた。

外の銀世界よりも冷たく、凍えるような銀色の髪。それを長く伸ばした男。

「ザガート」

サルバトーレの若き騎士、ザガートがいた。

そして彼は、同時に私たちの共犯者でもある。

「全く、領主の妻ともなれば、客人に対する態度があるだろう」

ザガートはふっと鼻で笑いながら、温かそうな紅茶を口にした。

既に朝食の席にいたアベルも苦笑しながら、肩を竦《すく》めている。

「それは失礼」

ザガートの来訪は想像していなかった。そもそも彼はいつも唐突にやってくる。

戦争は一時的に停戦しているとはいえ騎士団は大忙し。当然、部下を率いる彼もまた王国の密命を受けて、色々ときな臭い仕事をしているらしいとはグレースから聞いていた。一体どんなことをしているのか、それは私たちにはわからない。

「あぁ、そういえばお前たちが用意した、だるまストーブだったか。騎士団の方でも好評だ。各隊に一つは持たせたい。もっと準備してくれ」

彼はまるでここにいるのは当然と言った態度のまま、脈絡のない話題をぶつけてくる。

「はいはい。ご予約はアベルの方に。請求書は騎士団に。いつものでしょ」

これに関してはいつものことなので、私たちも軽く受けながし、使用人たちに朝食の準備をお願いした。

「ついでにもっと小型化……例えば携帯できるようにならんか？」

そしてザガートは要求が多いときた。

「今は無理よ。大体、今のストーブだって馬に運ばせる程度には小さいじゃない。あなたが求めてるのはハンディサイズってことでしょ。悪いけど、小型化ってものすごく技術力がいるの。簡単に言ってもらっちゃ困るってわけ。しばらくは温石《おんじゃく》でも使ってなさい」

携帯式の暖房器具。パッと思いつくのは懐炉のことだろう。

懐炉といえば鉄粉が入っていてぴたっと貼り付けたり、袋をくしゃくしゃと揉《も》んで使うタイプが私にとっては使い慣れたものだけど、当然、そんなものはこの世界にはない。

大昔は石を温めて、それを布とかでくるんだりして使っていたという歴史がある。それが温石と呼ばれるものだ。そこから歴史が進むと金属製の小さな筐体《きょうたい》に懐炉灰というものを入れて、それに火をつけて暖を取るというものが出てきた。

あとあるとすればベンジンカイロだけど、それを作るには石油を見つけて、精製できるだけの技術が必要だ。そんなものを今すぐ用意しろというのは無理な話。

とにかくその後、色々な改良が加えられ、私がよく知るタイプになったのは一九八〇年頃だとか。

俗に言う使い捨てカイロだ。これが熱を発するメカニズムは一応、理解はしているし、構造も比較的簡単ではあるのだけど、恐らくこの世界の技術では即座に実現は不可能。

広めるとすれば、やはり懐炉灰式の懐炉といったところか。

筐体はいくらでも用意するけど、問題があるとすれば、懐炉灰そのものは私たちの専門ではない。一応、まめたんと呼ばれる小さなコークスを使うという手段もあるけど、それよりも植物性の可燃物の方が安いし、こっちとしても筐体を売るというつながりが出来る。より良い関係を築けるということだ。

「お前たちのことだ。そのうち、何か作ってくれるだろう。それよりもだ。いすず、いや……この話の時はあえてマヘリアと呼ばせてもらうが」

刹那、ザガートの雰囲気が変わる。彼はナッツを一つ頰張り、しばらくは咀嚼《そしゃく》を続けた。

もったいぶるのはいつものことだが、何だろう。かなり重要な話なのだろうとは予想するけど。

「戦争でうやむやになっていたが、お前の両親。見つかったぞ」

「え？」

両親、といっても私にしてみればさほど思い入れのある存在ではない。というより、そもそもゲーム内でも大した名前のついていないモブのような扱いだったし、なんなら私としては記憶の片隅の方に追いやっていた。

アベルにとって『一応』は妻の両親となるわけだ。

「いすずの両親といやぁ、元財務大臣だろう？　いくら国家反逆罪とはいえ、一年近く放置されていたわけだが、なぜに今になって？」

「さぁな。むしろ、今だからこそ出てきたのかもしれんが……」

ザガートは少し歯切れが悪い。

そういえば、あの人たち、娘であるマヘリアを見捨てて逃げたらしいのよね。

どこかで野垂れ死にしているものだと思っていたけど。

「既に亡くなっていたそうだ」

「ふぅん。ま、そんなことだろうと思ったわ」

私からすれば、でしょうねといったところだ。

「……俺はお前という女が時々わからなくなる。一応、親だぞ？」

ザガートにしては珍しく困惑した表情を浮かべていた。

「まぁいい。話を戻すが、お前の両親だが、少し不可解な状態だ」

「どういうこと？　死んでたのよね？　何、変な殺され方をしていたとか？」

「なんといえば良いのか……死体の状態からして、殺されたのはつい最近だ」

「え？」

その返答にはさすがに私も首を傾げた。

「ちょっと待って、殺されたってのはさておき、最近まで生きてた？　どういうこと？」

「隠れてたってことか？　まぁ元大臣だし、そういうコネはある、ものか？」

私もアベルも混乱している。

だが一番納得がいってなさそうなのはザガートだ。

「お前の父親、娘の目の前で言うのもなんだが、太っていただろ？」

「ええ、そうね」

よく覚えてないけど、ぼんやりと記憶をたどれば、よくいる太った嫌味な貴族っぽいデザインだった気がする。

「多少は痩せていたが、飢餓状態というわけではない。あれは適切な食事をとっている者の体だ。アベルの言う通り、どこぞで匿《かくま》われていたと考えるべきだろうが、それでも謎がある。なぜ今になって、殺されて出てきたのかだ。俺も報告を受けた時は驚いたものだ。まさかの幕引きだったしな」

「ねぇ、どこに隠れていたのかってわかっているの？」

「わからん」

「あのねえ……」

「本当にわからん。そもそも死体は街道に捨てられていたらしい。賊に襲われた貴族の老夫婦を見つけた……という知らせを受けて、回収した。フン……納得がいくものかよ」

ザガートは若干の苛立《いらだ》ちを見せつつ、またナッツを頬張る。そのイライラを解消するようにぼりぼりと音をたてながらかみ砕いていく。

確かになんだろう。ものすごく不自然よね。

つい最近まで生きていたらしい両親。でも、なぜか殺されて道端に捨てられていた。

いやどう考えてもおかしいし怪しいに決まってるじゃない。

「まぁ、怪しいには怪しいが、とにかく伝えるべきことは伝えた。それに、休戦状態とはいえ、今はまだ戦争継続中だ。俺たちもそっちに集中しなくちゃならん」

そこまで言って、ザガートは軽くため息をついて、今度はゆで卵に手を伸ばす。

「ところで、貴様ら、新婚旅行には行かないのか」

ザガートは卵の殻を器用に剝《む》きながら、唐突に話を変えてきた。

言い終えると、ほぼ一口で卵を口の中に放り込み、こっちの反応をうかがっている。

「は？」

対する私とアベルの声は重なった。

突然何を言い出すのだ、この男は。そんな反応である。

さっきまで人の死について語っていたというのに。

「……大丈夫？　紅茶にお酒でも混ざってた？　酔っ払ったの？」

私は思わず真顔になってしまった。

まるっきり話題の空気感が違うのだ。

「俺は至って本気の質問をしているのだがな。南の国なんてどうだ。この季節だというのに、やたら暑い。懐かしい顔にも会えるぞ？」

「いえ、そもそも、なんであんたにそんなこと言われなきゃいけないわけ？」

姑《しゅうとめ》じゃあるまいし。

「第一、今は戦争中だろ？　そんなのんきなこと、できるわけがないだろうが」

と言うのはアベル。

というかアベルの言う通りだ。

「この冬だぞ？　連中とて、積雪に阻まれて進軍はできん。地理的に条件が悪いのさ。ハイカルンという国はな。その点、南は良いぞ」

ハイカルンは我が国との国境を巨大な山岳に阻まれており、唯一の抜け道とも言える渓谷も、冬場は雪に閉ざされてしまう。

何より過去に起きた大きな戦争のせいで、大陸内のハイカルン側の土地との交流は少ない。件の山岳地帯や巨大な森林、なにより亜人が蔓延《はびこ》るとされる地域との接触を嫌がる国も多いのだとか。

細々としたやり取りの中でとりあえずわかっていることが、歴史はあるが、さほど大きな産業があるわけではない国ということだ。

ただし、それはあまりにもサルバトーレがその国のことを見ていないからだとも言える。

サルバトーレは巨大国家だ。それは間違いないが、大陸の全域を支配しているわけではない。東側の山を越えた先には手を出していない。

私からすれば、メタな話、『ラピラピ』の外伝でも作るためにお互い不干渉を貫いて、別のシリーズにつなげたかったのではないかと今では思う。まぁどうでも良いことだ。

とにかく雪の間はハイカルンからの侵攻そのものが進まないとのことだ。

先の戦いで敗戦しているのだから、失った戦力の補填もしなければいけないわけだし。

「雪を解かすのに炎の魔法を使いすぎては魔力切れの方が先に来る。飛翔《ひしょう》系の魔物もこの冬ではまともに活動もできん。つまり、今は準備期間なのさ、お互いにな？」

ザガートはフフンと得意げに笑っている。

「準備ねぇ。停戦の交渉はどうなったわけ」

私の言葉にはいくつかの含みがある。

それを察したのかザガートは一瞬だけ、動きを止めた。

「それに関してだが、コスタを借りるぞ。元はといえば、あいつは俺の部下だからな」

「ちょっと、それは無理よ。コスタには色々とやってもらいたいことがあるの」

「悪いができん相談だ。こっちも国家のためなのでな」

「なんでコスタが必要になるのよ」

「保険、とだけ言っておく。何、コスタの代わりぐらいは用意してある」

ザガートはどこか得意げに笑いながら、スープ皿を手にした。

「時にお前たち、そろそろ人手が欲しいんじゃないのか？」

今度はスープをぐいっと飲み干すと、ザガートはにやりと笑みを浮かべて私たちを見る。

「それも、働き手ではない。知識人……技術者と言っても良いな？」

それはまるでこっちの要望を見透かしているかのような言い草だった。

そして、それはドンピシャ、ピタリと当たっている。

ザガートはどうやらケイン先生が倒れたことは既に知っているようだ。

「ここに来たのはそれを言うため？」

我がマッケンジー領はまさしく順風満帆といったところだ。戦争が始まってからというもの、鉄の需要は高まっている。先行投資という形で、安く手放されていた鉱山を手に入れることで、私たちはこの国の貴族が所有していた鉱山資源のほとんどを手中に収めることができていた。

それは事実なのだけど同時に困ったことにもなっている。

「先生のことだ。また何か研究に没頭したんだろうと思ってな。何より、ここは先生の知識欲を刺激するにはうってつけだ。むしろ倒れるのが遅かったとすら思っている」

蒸気機関にかかりっきりだったものね。

「頼りすぎたことは反省しているわ……」

原因はザガートが先ほど言った通り、先生の没頭癖にある。

「それに甘えていたツケが回ってきたというわけか」

私は腕を組みつつ、口をへの字に曲げながら首を傾げる。

なまじ彼が優秀すぎるせいで、あれもこれもとやらせてみた結果がこれだ。本人も楽しんでいたようだけど、今後はストッパー役を待機させせないといけないわね。

「で、こういう時に頼りになるのがコスタの商人としての伝手《つて》なのだけど」

先生の負担を軽減させるための人材を集めるには、コスタの人脈を頼りたいと思っていた。

「だから、その代替案を用意したと言っている」

「それが新婚旅行なわけ？」

どうやってイコールで結べばいいのだ、それ。

まぁ……蒸気機関などは、正直を言えば、私のわがままなのだ。自分がどれだけできるかを試したい、この世界でどこまでできるのかを知りたい。そんな程度の考えだ。

しかも結局は他人の力をあてにしている。

私にもっと知識があれば、こんな問題すぐに解決するのだろうけど……自慢じゃないが、私は鉱石関連のことは詳しくても、それ以外は雑学程度、ド素人もいいところだ。

だから、元の世界の機械や技術を思い出すことはできても具体的なあれこれの説明はできやしない。

ハッキリ言って、車がどういう仕組みで動いているかなんて説明すらできないのだから。ガソリンでどうやってエンジンを動かしてそれを動力として各所に伝えさせるか、ぱっとわかりやすく説明できる人は、その道のプロなのよ。

「まぁ聞け。交易ルートを開拓したくないか？　貴様らの新婚旅行を兼ねて」

「だから、交易と新婚旅行がどう結びつくのよ」

「なるほど、読めたぜ」

　一方のアベルはザガートの狙いが何なのかを理解している様子だった。

「俺たちをダウ・ルーに連れていくつもりだな？　あそこは、大陸外との交易が盛んだからな」

　アベルの言ったダウ・ルーという名前はどこかで聞いたことがある。確か、ゲームの方でもたまに出てきた単語だったような気がするけど。

　アベルの質問に、ザガートはいつもの調子で答えた。

「そりゃあ、簡単だ。政治だよ、政治。なに、心配するな。国王からの許可は簡単におりる。むしろ、お前たちに新婚旅行をさせたいのは他ならぬ、グレースの意向だ」

「何でよ」

「ガーフィールド国王もグレース王妃も、今はそういうことができない状況だ。仲たがいではないぞ？」

「そんなことわかってるわよ。バカップルなんだからあの二人」

「バカップルとはどういう言葉だ？　外国の言葉か？　まぁいい。それに向かう先は陛下の親友がいる国だからな。軍事同盟をさらに強化するためといえば納得もするさ。事実、これは急務でな。冬の間にやっておきたい仕事の一つというわけだ。本来なら、それをやるのは国王夫妻の仕事だが、ま、さっきも言った通り色々とあってな。とにかく、コスタは連れていく」

その色々の部分は説明してくれないらしい。

「ガーフィールド王の親友……？　それって、確か……」

その情報を聞いて、私は半ば薄れつつあった記憶を思い出す。『ラピラピ』の攻略キャラの一人、とりわけガーフィールドと仲が良く、先輩曰く大型犬なのに子犬のような人懐っこさがある青年だったとか。

そして、そのキャラクターは先ほど出てきたダウ・ルーの出身で、大船団を率いる船乗りの一族。友好国であるサルバトーレに留学に来ていた。

その名を、

「アルバート・バルファン」という。

おおらかな、海の男だ。

＊＊＊

それから、ザガートの言う通り話はトントン拍子に進んでいった。

最初からそういう目的があったのか、どういう方法で手を回したのかはあえて聞かないこととする。

とはいえだ、さすがにこの吹雪の中で出発するわけにもいかず、しばらくは天気の様子を見てという形になる。

結局のところ、私たちの新婚旅行よりも先にザガートはコスタを連れて任務とやらに行ってしまった。

そこから一週間は待つことになった。

目的地は常夏の国、大海原に水上国家が建設されていると言われる、ダウ・ルー。

サルバトーレとダウ・ルーに行く港の間にはいくつか、巨大な湖が点在しており、湿地帯も多いらしい。湖が多い関係上、船渡しも多いらしく、それを使えばサルバトーレとダウ・ルーの距離は近い。

さらに冬場であれば、サルバトーレ側の湖は『凍り付く』というのだ。結氷した湖面は流石に軍隊がその上に乗れば罅《ひび》が入るらしいが、個人や少人数の団体が移動する分には十分な強度を誇っているという。

これによって、冬場はむしろサルバトーレとダウ・ルーが一番近い国同士になる。何せ一本道が勝手に出来上がるのだから。

本来なら一、二週間はかかるところを数日で行き来できる。それほどまでに近い大国同士なのだ。

とはいえ、危険は危険なので、その湖を走るため、ケルピーと呼ばれるモンスターを馬の代わりに使うのだという。

恥ずかしながら聞いたことのないモンスターだった。このケルピーは馬に似ているのだが、下半身はどういう理屈か、魚の尾ひれのようになっており、その周りに海藻だか、くらげだかわからないうねうねひらひらしたものが蠢《うごめ》いている。

なぜこんなモンスターを使うのかというと、氷の上を滑るようにして移動できる上、泳げるらしい。万が一、凍ってない湖があっても、ケルピーなら寒さをものともせず、泳ぐことで進めるのだという。

問題があるとすれば、ものすごく気性が荒く、これを御せる者は限られているのだとか。

そんな代物が私たちの下に送り届けられたのだ。専用の御者と共に。というか、どう見ても、彼らは騎士団のメンバーで、ザガートの紋章と同じものを刻んだ鎧《よろい》を着ている。つまりそういうこと。

とにかく、このおかげで新婚旅行に行けないという事態は免れたというわけだ。

さて、サルバトーレが陸の王者であれば、ダウ・ルーは海の覇者。そして両国は姉妹国家とも言えるほどに仲が良く、軍事面でも交易面でも、何なら過去にはお互いに姫を妃《きさき》として迎え入れたこともあるとかどうとか。

だがそんな仲の良い国がなぜ今回の戦争で援軍として来ないのか。お互いの戦争には介入不可能な条約でもあるのか、それとも何か別の理由があるのか、それは私にはわからない。

もしかすると、このあたりの関係もあって、私たちをダウ・ルーに向かわせたいのだろうか。なんだかていよく使われているような気がしないでもない。

ただ、その謎な点を除けば、とにかく仲の良い国なので、留学も受け入れているというわけだ。

何より、ダウ・ルーは海上貿易をおこない、外国とのつながりも多い。

ゆえに多くの文化、技術が集まる最も優れた国でもある。

そんな国にいるのが、アルバートという男だ。

ゲームにおいては攻略キャラの一人であり、実家は国一番の船持ちで、海運業の御曹司。

交易の伝手も、造船技術の知識も、今まさに私たちに必要な力を持っている可能性が高い人物だ。

問題があるとすれば、やはり私のことだろう。正確に言うのなら、マヘリアという存在だ。こうして見た目も名前も変えているとはいえ、恐らく、アルバートも私がマヘリアであることを見破るはずだ。

まぁその時はその時。アルバートの性格は、細かいことはあまり考えないタイプだったはずだ。

＊＊＊

というわけで、色々ときな臭いことを国に残したまま、一抹の不安を胸に私たちは……あくまで書類上の夫婦である私たちは新婚旅行に出かけることになったのだけど、出発までに時間が空いたのもあってか、領内は若き領主夫妻の新婚旅行の話題で持ち切りだったたし、テリダたちですら、突っついてくる。

ベッドに伏せがちなゴドワンですら、からかってくるし、噂《うわさ》では領民たちからは「お世継ぎも近い」とか言われてるし……うん、まぁ、子供は、そうね？　ひ、必要にはなるわよね、こういう世界観だし？　でも、ちょっと早いんじゃないかしら？

私、まだそういうのは考えてないんだけど？

そんな複雑な心境で、マッケンジーを出て、宿場町を経由して四日目のことだ。

「なに、一人で顔を赤くしたり、青くしたりしてんだ？」

揺れるケルピーの馬車の中。向かい側、真正面に座るアベルがちょっと呆《あき》れたような声をかけてきた。

「え？　いいえ、気にしないで。うん」

普段ならいつもの軽口を叩きあうところだけど、さっきまでの色々な考えのせいで、アベルの目を見ることができず、籠に増設されただるまストーブの方に視線を落とす。

ぱちぱちと木炭の燃える音が聞こえるぐらいには籠の中は無音だった。

ゴドワンが若い頃に使っていたという籠。貴族の長距離の旅に耐えられるように、珍しく魔法が掛けられたものであり、豪華な見た目のわりには頑丈だった。

さすがに人様からのもらいものを大きく弄《いじ》るわけにもいかず、唯一追加したのはだるまストーブぐらいで、排煙用の煙突と、ストーブを固定するための台、人が直接触れないようにするために鉄柵で仕切りを追加したぐらいだ。

「世継ぎのことだろ」

それを言うアベルの声色は普通だった気がする。

そしてあまりにも図星だったので、私は一人で、ドキッとしていた。

この四日間、私たちは、まぁ……いつもと変わらない接し方をしていた。何も変わらない。出会った時のように、軽口を言い合いながら、たまに仕事の話をしたり……途中立ち寄る宿でも、寝室は同じだし。

いいえ、普通すぎたと言うべきなのかしら。気にしないように、考えないようにしていたのかもしれない。

だけど、こうして意識を向けてしまったら、振り払うのは困難である。

恐る恐る、アベルの方へと視線を上げると、彼は窓の方を向いて、外を眺めていた。

「ま、気にするな……とは簡単には言えんよな。俺としても、気負うなとか、同じような言葉しかでない。これでも、俺たちは一応、貴族だからな。言葉は悪いが、貴族の娘ってのはどこぞの家に嫁として送り出されるし、男も恋愛結婚なんてそうそうない。家の面子《メンツ》と存続が掛かっている。お前も、元はそうだっただろ？　今の国王陛下の元婚約者だったわけだしな」

そう語るアベルはどことなくつまらなそうだった。

アベルの言うことは、現実だ。かくいうマヘリアがそうだった。大臣の娘だから、政治的な利害関係で、ガーフィールド王子の婚約者だった少女。

それは色々あってご破算になったのだけど、多くの貴族は、家同士のつながりを求めて、もしくは親の都合によって結婚相手が決まる。

そして女性の役目というのも、中世的な世界観が背景にあることを受け入れた上で包み隠さず言えば、後継ぎを産むことだ。私の生きていた世界であればそれは時代錯誤だし、私も正直なところ、それを受け入れたくはない。

だが、悲しいかな、この世界はそれが「常識」だった。

それに、言ってしまえば私とアベルの結婚もまた、事業の安定化のためだ。

そこに、愛は……あるんだろうか？

私は彼のことを、好ましく思っている。なんだかんだ、命の恩人であるし、私がここまでこられたのもアベルが親に頭を下げたからだし、今では慣れない領主としての務めを果たそうとして、他の貴族たちにも頭を下げて、それらしく振る舞おうとしている。

だけど、それは視点を変えれば私がそうさせてしまったのではないだろうか。

私が彼を巻き込み、その立場に押し上げてしまった。

「俺は正直、まどろっこしいことは考えない方だ。そうやって家を飛び出した不良息子だしな。そのおかげで貴族じゃ見られないような部分も見てきた。喧嘩《けんか》も博打《ばくち》もやった。一時期は、なんだ、盗賊まがいのこともやった。誓ってやってないのは殺しぐらいだ。だが、俺はお前と出会って、何か新しいものを見た気がする。くすぶってた俺ですら、眩《まぶ》しいと思う何かを俺はお前から感じた」

今度はまっすぐに私の方を見ながら、彼は語った。

「実際、結婚までの経緯は色々と非常識だったし、もしかすれば、お前にはその気もないかもしれない。子供はまだ早いと思ってるのなら、それを尊重するし、養子で良いのならそうする。ただこれだけは言わせてくれ。俺はお前との結婚は後悔してないし、今の立場も受け入れている。お前が責任を感じることじゃない。むしろ、俺が放棄してきた責任を今ここで果たしている。ありがたいと思ってるぐらいだ」

アベルの言葉は私の考えていることを全て見透かしているかのようだった。

「あのまま炭鉱に居続けても、変わらない日々だったと思う。それが今では領主だ。全くもって楽しい人生だよ。お前は、俺にいろんな可能性を見せてくれた。俺は、お前が描く未来が見たいと思った。面白い世界になると思った。だからお前のそばにいてもいいと思った」

それは。

多分。

改めてのプロポーズなのだと思う。

それぐらいは、私にだってわかる。だから、私は、顔を下に向けるしかできない。

だって、そんなこと、言われたの初めてだから。

「褒めすぎ。そういうの恥ずかしいんだけど……それに、私と出会わなくても、あなたは、優しい人だったわ。悪い方向には行かないと思う。ディバたち少年組だって、あなたによく懐いている。恐怖で従っているんじゃないわ。それにおじいちゃんたちも元気だった。普通なら体を壊してもおかしくない年齢よ」

だからこうやって長い言葉を考えて、自分の中の気持ちを整理しようと思うのだ。

「ま、本音を言うと、俺は自分が親になるのが怖い。俺自身が親不孝者だったからな。親父《おやじ》にも迷惑かけたし、一度、憲兵に捕まったことだってある。博打でな。まぁあとは……娼婦も、買ったことがある。そういうすさんだ生活も送ってきた人間だ。そんな奴《やつ》が父親をやっていけるのかって不安もある。それに、そういう生活をしていたわけだから、そういう場所での子供の扱いってのも散々見てきた。だから、俺はそういうのは好きじゃなかったし、少なくとも俺のところではそういうのはなしにしたかった。だけど、いざ自分がそういう立場になろうって考えるとビビってしまう。だから、あえて聞きたかったんだよ。いすずはどうなんだってな」

「そういうの、ズルいって言わないかしら」

彼は、覚悟を決めようとしている。

自分の恥部をさらけ出して、こうしたいと言っている。だというのに、私ときたら。

そう、覚悟が出来ていないのは私の方だ。

いくらでも技術を発展させてやる。そのためにあくどいことに手を出すことに抵抗はないし、理不尽が降りかかれば抵抗だってする。なんだってやってるわ。

でもそれとは違う。今、私が求められている覚悟はそういうものではない。

もっと人間的なものだと思う。

恩義もある、お世話にもなった。お互いに利用しあったこともある。

だけど、それだけじゃ駄目な気もする。

問題なのは、その足りないものがわからない。

それに答えが出せなきゃ、私は多分、納得できない。

何度も言う。私は、アベルのことは好ましく思っている。それは間違いない。

でもそれだけじゃいけない。

「私は……」

言葉に詰まる。あとの言葉が出てこない。

「私は――」

そもそも、私は子供が欲しいのか？

そんな考えが脳裏を駆け巡った瞬間。

「うわっ！」

籠が揺れる。急制動したらしい。前後に大きく揺れるのは氷のせいだろうか。

私は凄い勢いで、前に放り出された。

「おっと!?」

そして、アベルに受け止められる。

それは、形としては抱きしめられるような感じで、私はすっぽりと彼の腕の中に収まっていた。

「あ、えと……あり、ありが……」

お礼を言わなきゃいけないのに、またもや言葉が詰まってしまう。

パッと顔を見上げるとそこにはアベルの顔。そうなると言葉も出てこない。

何を言っていいのかわからない。

大した時間は流れていない。一秒か、二秒か。

たったそれだけの時間、二人はお互いを見つめあった気がする。

その刹那。

「なんだぁ！　何をしておるかぁ！」

外で騎士が素っ頓狂な声をあげていた。

その、ちょっと失礼だけどマヌケな声のせいで、雰囲気がぶち壊しになって、お互いに笑ってしまった。

かと思っていたら、「失礼！」と別の男の声で籠の扉が開け放たれる。

見えたのは寡黙な男の姿。四十代程度でごわごわとした顔つきの騎士。

ザガートの部下で、ベルケイドという。

今回の旅行の同行者は奇妙な組み合わせだ。まずこのベルケイドとその部下数名の騎士。こちらからはゴドワンの頃から仕えている屋敷の使用人たちだけ。

テリダたちは領地に残っている。私は別に一緒に来てくれてもよかったのだけど、曰く「水入らずを邪魔するほど野暮じゃない」とか。

あと、ケイン先生の看病とか、工場の稼働とかもあるし。

あぁいえ、話が逸れているわね。

そんな彼は、私たちの姿を見ると再び「失礼！」と言って扉をしめた。

「申し訳ございません。火急の要件でありました。ですが、構いません。こちらで処理いたします」

「ちょ、ちょっと待って。いいから、馬車を止めるぐらいでしょ！　アベルも、ほら」

「おい、コート着ろって寒いだろ」

私たちは急いで厚手の防寒着を纏《まと》うと、籠から出る。

太陽が真上にあり、その光を一面の銀世界が反射して一瞬、眩しかったけど、それはすぐになれた。同時に不思議と、寒さはさほどひどくなかった。

マッケンジーの領内ではコートを着ていても、突き刺すような寒さだったのに。

いいえ、それよりも。

「どうしたというの」

「ハッ、それが……」

ベルケイドは興奮状態のケルピーを見てから、さらにその先へと視線を向ける。

ケルピーたちも急な停止に憤ってるのか、『げっげっげっ』と、顔が馬とは思えない声で鳴いてる。

興奮したせいなのか、クラゲのような下半身が魚やタコのようなものにぐるぐると形態を変えており、落ち着かない様子だった。

「あれを」

ベルケイドの視線の先。そこには既に二名の騎士がいるのだが、同時にやせ細った馬が一頭、横たわっていた。それだけでも不自然な状況だというのに、私の視界はさらに異常なものを捉えた。

「人が倒れている！」

私の眼《め》に飛び込んできたのは、この極寒の地では自殺行為としか思えないような薄手のドレスを着た少女と、その少女に覆いかぶさるように重なりあうメイド服の女性だった。

駆け付けている騎士たちが毛布を掛けて、何やら魔法で暖を取らせているようだ。

「早く籠の中に！　ストーブがある、体を暖めて！　一体どうしたというの！」

「わかりません。ケルピーが興奮しており、馬車を停《と》めた次第。すると前方にあれが。おい！　早く運べ！」

部下の騎士たちは少女たちを担いでやってくる。急いで私とアベルも、籠へと戻る。

とにかく今は彼女たちの体が心配だわ。

どれだけの時間、外にいたのかはわからないけど、彼女たちの衣類ははっきり言って薄着。低体温症の恐れもある。体を暖めなければ本当に命を落としかねない。

「凍傷を起こしている。血のめぐりが悪くなっていやがる」

アベルは彼女たちの指先などを確認していた。

鉱山もまた冬になれば雪が積もり、極寒に晒《さら》される。そんな環境を経験してきたのだろう、アベルの診断は信じても良いだろう。

私とて、転生前は山に登ってフィールドワークをしていた身だ。その中には雪山だってある。当然、私の時は万全の装備、ガイド、そしてルートがあったから比べるものではないが、それでも凍傷の恐ろしさは知識としては持っている。

しかし彼女たちは軽度の凍傷は見られるものの、極寒の地に放りだされていたにしては無事すぎるといったところらしい。

「何か、魔法を使ったのか。直前まで、体を温めていた？」

「なんでもいいわ。助かるのなら。湯を沸かして。魔法を使っても良いわ。人命が優先」

別に私は何から何まで魔法を否定するわけじゃない。必要な時、必要な場所で使うのならそれは正しいことだと思う。そして今がその時だ。

お湯を沸かす。急ぎじゃなければストーブでゆっくりでも良いけど、今は違う。彼女たちを助けなければいけない。

「それと、着替え。凍ってるし、解けてもべちゃべちゃなままじゃ駄目よ。なんでもいいから着替え、持ってきて」

「はーっ！」

本来であればザガートの部下である騎士たちに指示を飛ばしながら、私はどこまで効果があるかわからないが、少女の手を取り、もうしばらく使っていない治癒魔法を発動させた。

肌の表面の軽い凍傷はなんとか薄れていくが、治癒魔法は体温の上昇までは助けてはくれない。できるのは傷を治すことぐらい。

そのせいで、彼女の手は氷のように冷たい。それでもわずかに息がある。

同時にかすかにだけど、少女の目が開かれる。焦点は定まっていないようだったけど、人がいることは認識できているようだった。

「母上……あぁ、母上！　生きて……生きておられた」

か細い声。少女は朦朧《もうろう》とした意識の中で、私の手を握った。冷たく、力のない手だ。

同時に私はその言葉を聞いて、頬をぶたれたような感覚が走った。

この子は……親を亡くしている。なぜか。それはきっと戦争のせいだ。戦争の被害者。多くの避難民と同じはずなのに、親や子をなくした者たちを見てきたはずなのに、それ以上のショックが私を襲った。

それはきっと、私に向けられた言葉のせい。

「母上？」

彼女は私を母親と勘違いしているようだ。危機的状況による錯乱状態だろう。

その瞳は、助けを求めて、縋《すが》るような、弱々しいもの。ただひたすらに、純粋に親に助けを求めるという生の感情をそのままぶつけてくる。ただ一人にだけ向けられる生々しいまでの、重い感情が鉛玉のように私に落ちてくる。そんな錯覚すら感じさせる。手の震えも、声のかすかな振動も、それら全てが生きたいと願う純粋な力をぶつけている。その光景に、私は思わず絶句した。

「母上、寒いです。あぁ、みんなが、父上も、兄上も、姉上も、あぁぁ、あぁぁぁぁ！」

パニック発作のようなものが始まった。

「大丈夫、大丈夫だから！」

私は咄嗟《とっさ》に、彼女を抱きしめた。それしかできない。

一体、この子はどんな目にあったのだ。体力も限界のはずなのに、暴れる力が凄い。それほどまでのショックを受けていたということだろう。

「アザリーも、アザリーも！」

アザリー？

誰の名前だろうか。でも、今はそんなことはどうでも良い。

この子が落ち着かないことには……。

だが、少女はすぐに力尽きた。ものの数秒すると彼女は大人しくなった。呼吸はしているが、目は閉じられた状態だ。

一方で、メイドさんの方も、かすかに唇が動いているだけの状態だ。何か、言葉を発しているようだが、声にならないのか、全く聞き取れない。

私は少女を抱えたまま、メイドにも治癒魔法を施す。

だが、その瞬間、とある違和感が私の掌《てのひら》に生じた。手ごたえがないと言うべきか、メイドの細かな傷は確かに癒えていくのだが、彼女の顔色はずっと青いままだった。少女の方は多少なりとも回復の兆しがあったというのに、彼女にはそれがない。

「まさか……」

嫌な予感が脳裏をよぎる。

その間にも騎士や使用人たちが慌てた様子で毛布や着替えを持ってくる。

「着替えさせる。良いわね」

男たちの目はあるが、緊急事態だ。そんなことをとやかく言ってる場合じゃない。その場にいる者たちが、皆、できることをやっていく。

「お願いだから、無事でいて頂戴よ……」

凍っていた少女の灰色の長い髪もいまは解けてべちゃべちゃだ。治癒魔法のおかげで見た目にはケガはないが、それでも内側の変化まではやはり抑えられていないようだった。

「うん？」

少女のドレスを脱がす……彼女の首にはネックレスのようなものがあった。銀のチェーンで、先端には飾りのようなものが吊《つ》るされていた。そこに刻まれていたのは、三日月模様。

そして、ドロワーズも着替えさせようとする。

「は？」

そこには、少女であるならば、存在しないものが、あった。

「はぁ？」

ふざけている場合ではないというのに、思わず大声を出してしまった。

「どうした！」

「奥様？」

アベルとベルケイドが私の反応を見て、駆け寄ってくる。

同時に、彼らもそれを見ることになった。

「おいおい……なんだこりゃ」

アベルも、さすがに目を丸くしていた。

「こ、これはつまり……変装、でしょうか？」

ベルケイドも目をこすって再度確認していた。

「いや、でも、え、これって……お、男の子……？」

そう。

私たちが少女だと思っていたドレスの子は、少年だった。

だが、そんな混乱よりも今は人命救助を優先するという意識が働いていた。

正体不明、性別を偽っていた少年。メイドがいるということはそれなりの権力者の子息だろうか。

それを知るには、彼らの口から話してもらわねばならない。

そのためには、無事でいてもらうしかできないのだ。

しかし……。

「こんな場所じゃ、まともな治療だってできやしないじゃない」

「いえ、そうでもないようですな。場所がよかった」

ベルケイドがそう言うと同時に、遠くで鐘の鳴る音が聞こえた。

「しばらく行けばダウ・ルー国境です。あの国は常夏、寒気の影響を受けず、湖は凍りません。そして、船を多く所有する国ですので」

籠の窓を開けて、外を確認する。

そういえば確かに、雪や氷が残るわりには気温はそこまで寒くはなかった。

だからこそ、この少年たちもひどい凍傷にはならずに済んだのかもしれない。

そして、鐘の音はまだ聞こえる。よく目を凝らすと、視線の先には帆を広げた船が見えた。

それは一瞬、氷の上を走る船のように見えたが違う。よく見ると、氷の大地は、まるで境界線を引かれたように、ある地点からは水面へと変わっていた。

私たちと船の間にはまだ距離はある。それでも視認できるというのは、それほどまでに大きな船というわけだ。

「家紋を掲げているな……シーサーペントか？」

帆には揺らめく巨大な海蛇、竜のようなものが描かれている。

ゲームをプレイしておいてよかった。

その紋章は、アルバートの実家のものだ。

つまり、あの船は、攻略キャラの一人、アルバートが所有するものだということだ。

「あれが……アルバート・バルファン。海の国の男」

第二章　常夏の国にて愛を君に

海ではないはずなのに、その船からは潮の香りがした。

一体どのような木材を使っているのか、そして塗料は何なのか。まるでわからないが、所々を赤く染めたその船は、キャラック船と呼ばれる形状の船に似ていた。大砲などの武器は搭載されていないようで、見た目もそうだが、その中もまるで小さな城とでも言うべき光景であった。

軍艦を除けば、船とは大量の積み荷を載せる輸送船としての運用が大半のはずだけど、この船は最初からそのどちらもでなく、本当に動く城、家というような造りをしていた。

この赤い船の周りには同じような形の船が三隻あるが、こちらはハリネズミのように大砲がびっしりと並んでいた。いわゆる護衛艦だろう。

「少年の方は船医曰《いわ》く十分に休ませて、栄養を取ればよいとの見立てだ。魔法も秘薬も必要ない」

船の後部にある艦長室のようなそのスペースに案内された私たちを待っていたのは、燃える太陽のようなオレンジ色の髪に、日焼けした褐色の肌、わんぱくそうな切れ長の目に、自信に満ち溢《あふ》れた鷹揚《おうよう》そうな口元をした青年だった。

「ただし、メイドの方がひどい。脱水を起こしているし、尋常ではなく痩せこけている。まともに食事もとれていないようだとな。命の保証はできんとのことだよ」

青年はわずかに視線を落とし、小さくため息をついた。

「だがそれ以前に……」

同時に彼はどこか落ち着かない様子で、その場を左右うろうろとしながら、言葉を紡いでいく。

「申し遅れた。そして初めましてと言うべきかな。私の名はアルバート・バルファン。サルバトーレ国王、ならびに王妃からの連絡を受けて、あなた方を迎えに参ったのだが……」

青年、アルバートは思いっきり私の方を見ていた。

なんだか、この感覚も久しぶりな気がする。

「グレースからは、驚くな、気にするなと遠見の水晶で連絡を受けたが……君、マヘリアか？」

やっぱりその反応、そういう言葉が出てくるか。

「……私がそのマヘリアだとして、なにか？」

今更隠したところでどうにかなるような話でもないのだけど、このやり取り、もしかして今後もグレースの知り合いに会うたびにやらないといけないのかしら。

「何かって、そりゃあ驚く話じゃないか。君、国外追放というか処刑されたとか、死んだとか聞いていたけど……」

「どうだってよろしいじゃありませんか、そんなこと」

「そんなことと言ってもだなぁ君……」

「私の知るアルバート・バルファンは学生時代のことをぐちぐちと言うような男じゃなかったわ」

実はかなりあてずっぽう。

だって、このキャラとはまともに絡む前にゲームやめたし。

「それに、今の私はイスズ・マッケンジーよ。こちらのアベル・マッケンジーの妻」

「ムムム……そういうものなのか？」

ムムムって、あんたね。リアルに口に出して悩む人なんて初めて見たわよ。

「まぁ良《い》い。我らが同盟国、その客人であり、若い夫婦が新婚旅行にダウ・ルーを選んだのだ、俺としても歓迎しよう。と言いたいところだが、一体何があったんだ。あの二人、いくら何でも雪と氷の時期に出歩くような姿ではないぞ」

「それがわかれば苦労はしません。私たちとしても、あの子たちが一体どこの誰で、何を目的としてあんなところにいたのか……本人たちの口から聞かねばわかるものではありませんわ」

「なるほど……だが容態が安定するまではまともな会話もできないだろう。だが安心しろ、この船は速い。ダウ・ルーまで一日とかからん。国に着いたら、彼らはしかるべき場所で治療を受けさせる」

それを聞けばひとまずは安心といったところだ。

メイドさんの方が不安でもあるけど、医者ではない私にはもうあとは彼らに任せるしかない。

むしろ、アルバートが私たちを迎えに来てくれなければどうなっていたか。

本当に良いタイミングでやってきてくれた。

「しかし……噂《うわさ》に聞く鉄と山の魔女が、君だったとはな。それに、結婚もしていたのか。驚きだ。

事情は、聞かない方が良いのかな、ミスター……あ！」

「アベルと申します。アベル・マッケンジー。こちらも、名乗りが遅れてしまい申し訳ない。私の妻のことは、おいおい。少なくとも、今は頼れる妻です」

アベルがすっとアルバートと対面するように立ち上がり、握手を求める。

アルバートもそれに応じた。

「了解した。ではもう聞かないことにしよう。色々とありましたが、まずは快適な船の旅を。あいにくと、船ですので、湯浴みはできませんが、食事の用意はできています。まずは、ゆっくりと休まれるのがよろしいでしょう。客間も準備できていますので、すぐに案内させます。つもる話もあるでしょうが、それは国に着いてからということで」

私たちはアルバートの厚意に甘えることにした。

大して疲れてはいなかったはずなのに、突然の事件に遭遇したせいで、落ち着かない状態だったのも事実。

そういう意味ではやっと腰を落ち着けることができる。

案内された客間は船の中ほどに位置している。私も映画とかでしか見たことがないが、本来この手の船に個室なんてものは船長クラスにしかなく、大半が雑魚寝しているのが相場だが、バルファン家の船はもとより客人をもてなすための作りなのか、個室が用意され、食堂も広かった。

船員たちも身なりが整っており、まるでホテルのようでもある。

護衛艦の方はイメージ通りの狭苦しい空間なのかもしれないけど。

しかし、こんな豪華な船が用意できるだけの技術があるのはさすがはいびつなファンタジーといったところかしら。普通、これぐらいのことが可能なら製鉄技術だってもう少し発展してそうだけど。

「休めと言われたのに、休まずに考え事か？」

その声に、私はハッとなっていた。

一応、夫婦ということで、私とアベルは同じ部屋を用意された。

食事の後、すぐに部屋に入った私は沈んでゆく太陽を眺めながら、あれこれと考察をしていたらしい。気が付けば日は落ちて、夜となっていた。

「ごめんなさい。どうにも、考え込む癖ができたみたい」

「疲れないのか、そんな四六時中、頭ん中ぐるぐるさせて」

「わかんないわね。考えていないと不安……というわけではないのだけど」

それだけ、この世界に来てからは色々なことが起きている。

製鉄技術のあれこれもそうだけど、中世そのものな戦争にまで関わって、貴族たちと会話をして、新婚旅行中に正体不明の女装少年を見つけて、今は船に乗っている。

本当に色々ありすぎる。

「ま、お前と出会ってからは休む暇もなく事件が起きてるってのは事実だな。退屈ではないな。不謹慎かもしれないが」

「私も同じよ。楽しくないとは言えないわ。むしろ、わくわくしている自分がいるのもわかっている」

そう、どうしたってそれは抑えられない。

自分がどこまでやれるのかを試したい欲求は今もなお存在する。

ある意味では困難すらも楽しんでいる自分がいて、困惑もしている。果たして自分はそこまでの人間だったのだろうか。

今こうしてふつふつと沸き上がる野心、野望は元の世界では芽生えることのなかった感情なのだろうか。

正直、自分でも結構性格が悪いとすら思っている。

「ただ、どっちにしても戦争がさっさと終わってくれる方が良いに決まってるわ。停戦するのならする、しないのならそれまで。それに……」

話を続けようとしたその時だった。ノックもなしに、部屋の扉が開かれる。

「誰！」

それは失礼なことだ。思わず声をあげてしまった。

「ヒッ……」

小さくうずくまった姿がそこにはあった。灰色の長い髪、小奇麗な服に着替えさせられた姿。

女装していた、あの少年がそこにいた。

ただ、何か、雰囲気がおかしい。

「ごめんなさい、ごめんなさい、アザリーを許してくださいい母上、父上」

少年は、やっと十歳になったかどうかといった幼さを残した外見ではあるが、口調はそれよりも幼い……いや、もっと根本的な違和感がある。

「でも、うれしかった。母上も父上も生きてたんだって。ケレスお兄様もネリーお姉様も、ラウお兄様もみんな……みんな……アザリーだけが生き残った……」

「この子……記憶が……？」

記憶喪失……とも少し違う気がする。記憶の混濁。私たちを両親と思い込んでいる。いやそれ以上に、見た目の年齢にそぐわないどこか舌ったらずな口調。仕草もどこか、幼児のそれに見える。精神的なショックで幼児退行を起こすこともあるのだろうか？

そして彼はアザリーと名乗った。それが名前であると思うのだが、何か引っかかる。

だがそれは感覚的なものだ。アザリーという語感が、少女の名前だと私が思っている。だが、土地や文化によってそれは変わってくるかもしれないし、女性に多く付けられる名前が男に付けられることもそう珍しくはないだろう。

だというのに、私は、彼がアザリーと名乗っていることに違和感を覚えた。

しかし、考える間もなく、彼は、アザリーと名乗った少年は、私に抱き着いてきた。それは本当に、幼い子供のようだった。

「え、ちょっと……」

少しびっくりはしたけど、追い払うわけにもいかない。

そもそもこの子は怪我人《けがにん》なのだ。だけど、どうしてここに？

たまたま、偶然なのか？　というか、抜け出してきたのだろうか。

「母上、アザリーは怖いです……みんな、いなくなって……」

「いすず。抱きしめてやれ。多分、それを望んでいる」

「う、うん……でも、私」

「子供が、母親の温《ぬく》もりを求めるのは、当然だ……この子も、どうあれ、今はそれが必要なんだろう」

「うん……」

言われるがまま、私は、どうしていいのかわからないなりに、彼を抱きしめた。

思ったより細いのは、彼が衰弱しているせいだろうか。

「この子……一体何者なのかしら」

「さてな。女装して、身分を偽る必要があったということだが……」

「それをしないといけない……まさか、コルカットの生き残り？」

「まぁ、可能性としてあるのはそうだな。それでも疑問は残る。なぜダウ・ルーとの国境近くにいたのかだ。コルカットから逃げるのなら、サルバトーレの方が近い。雪のせいで遭難した可能性もあるし、そもそも女装する意味があるのか？　性別を偽らなければいけないほどの立場という可能性もあるが……」

結局、この子の正体はわからない。この状態では、話を聞いてもどこまで本当のことか。

「……それにしても軽い。軽すぎるわ」

私が抱きかかえると、彼はすぐに眠りに落ちた。それでも体は震え、寝言のように苦痛の声があがる。

それは寒さのせいだけではないと思う。この震え方はよほどの恐怖を目の当たりにした者の姿だと思う。とぎれとぎれに聞こえた言葉。あの子の家族はもう……そして私を母親と勘違いしていた。

そう思うと、なんとも言えない感情が蠢《うごめ》く。

私とて少なくない避難民を、親や子を亡くした者を見てきたはずだ。

だけどどこか線を引いていたのもある。

しかし、この子に母上と呼ばれたその時、もう一つの現実を突きつけられた気分だった。

これが戦争なのだと。

同時に、もしも私が子供を産んだらどうなるのだろうと思ってしまった。不安と恐怖。きっとそれはアベルが抱いていたものと似ている。

私は、どこか楽観視していた。恥ずかしいとか、そういうのは単なる言い訳だ。

私は心のどこかで感じていたのだ。子を授かるという責任を。

そして、子を失う親の気持ちを。

（お父さん、お母さん……そういえば、私は、私の両親はどうなっているの。元の世界の私は？もしも死んでいたとしたら、それは二人に悲しい思いをさせて……）

この少年が私に向けた「子供」としての感情。それをもろに受けた私は――。

「うん？」

ふと、私はポケットがほんのり温かいことに気が付く。

「あ、そういえば」

どさくさにまぎれて、この子が付けていたペンダントを持ったままだった。

この子がピンポイントで私たちの部屋に来たのはもしかしてこれの反応を追いかけてきたのだろうか。無意識にそういう魔法でもかけられているのかもしれない。

三日月の紋章が入ったペンダント。材質は恐らく銀だろうか。それと、少し大きい。

「あれ？」

何気なく、ペンダントを揺らすと、カランと音がした。中に何か入っているようだ。

しかし、どう取り出していいのかわからない。いやそもそも出していいのか？

でも、この子の正体がわかるかもしれないし。

「貸してみろ。仕掛けがあるのかもしれん。魔法に反応する場合も……うん？　三日月の紋様」

ペンダントに刻まれた三日月の紋章。よく見ると三日月の周りに掠《かす》れているが他にも幾何学的な紋様が施されている。

「知ってるブランドかなにか？」

「いや、そうじゃないんだが……三日月ってのはよくある紋様のパターンだが、こいつはどこか見たことあるが……とすると貴族の紋章か何かか？」

アベルはペンダントをいろんな角度から確認していた。

「ん？　随分と、強固な魔法で封印されているな……うーむ、俺じゃ無理だな。解除用の魔法があるのかもしれんが、どうにもこれはかけた本人じゃないと開けられんな。無理やりできんこともないが……防衛反応で爆発する可能性もある」

「もういいわよ。危ないし、この子のものなら、返すべきだわ。中身が気になるのはそうだけど、まぁ、今は良いじゃない」

きっと、それほどまでに大切なものなのだろう。

私はそのペンダントを彼の手に握らせる。

この子が何者なのか。それはわからない。だけど、この子がこうなった原因は間違いなく、戦争だろう。

グレースが教えてくれたハイカルンの兵士たちを思い出す。不可解な魔法や薬物で精神を操り、肉体を限界まで酷使させる。使えなくなったら容赦なく切り捨てるようなやり方。尋常ではない。人を人とも思わないような悪辣さを感じる。

ともすればそれはハイカルンの国民すらも犠牲者であるということだ。

「気に入らないわね」

「いすず？」

「私、基本的に他人のことはどこまで行っても他人《ひと》ごとだと思っていたけど、そうじゃなかったみたい。今、私は非常に腹立たしい気分だわ。戦争は嫌よ、当然じゃない。しないに越したことはない。でも停戦状態とはいえ、戦争は終わっていないし、放置すれば被害も増える。なら、徹底的に潰すまでよ。それが結果的に両国の犠牲者を抑える唯一の方法だわ」

もしも私に機械技術、軍事技術に対する専門的な知識があれば、性能の良い火薬や大砲、戦車とかそういう武器を用意できただろう。それがあれば容易《たやす》く戦争を終わらせられる。細かい戦術や戦略なんて関係ない。圧倒的な戦力で押しつぶすことだってできたかもしれない。

上等だ。やってやろうじゃないか。

「決めた。いいえ、吹っ切れたと言うべきかしら。こういう子を増やさないようにするためにも戦争はさっさと終わらせるに限る。これ以上、戦争を起こさないために戦争をやる。とんでもない矛盾かもしれないけど、サルバトーレには最高の技術と力を与える。そして最強の国になってもらうわ」

それは極端な考えかもしれない。

しかし、この世界の価値観からすればそれが一番手っ取り早いのも事実だ。

連中が、何かを企《たくら》んでいるのであれば、それを打ち砕ける圧倒的な力を用意する。

同時に、二度とこのような戦争を起こそうと思わないような力を誇示する必要もある。別に私たちが攻める必要はない。売られた喧嘩《けんか》を買うだけだ。こちらから売るような真似《まね》はしない。

だけど手を出せばどうなるかをわからせるのだ。

停戦条約などを結ぶ場で、何かが起きるのは間違いない。大臣たちの動きも怪しい。

そのためにグレースは何かを決意した。

ならば私もそれに応じなければいけない。

犠牲者を増やさないために、力を欲する。それはとんでもない矛盾だ。

だが、この世界であれば、この時代であれば、それをしなければならない。

一度始まった戦争の空気は嫌でも他の国に伝播《でんぱ》するだろう。もちろんダウ・ルーにも。

だがダウ・ルーは同盟国。喧嘩する必要もない。連合国として機能してくれればそれでいい。

もともとはザガートの提案で、交易ルートの開拓のためだったけど、ここにきて目的がもう一つ増えた。

彼らとて無意味な戦乱は求めていないはず。目的が同じなら、協力できる。

だが、その前にハイカルンには痛い目を見てもらう必要がある。

とにかく、何をするにしても力だ。

そして、この世界で魔法以外に繰り出せる力は、機械だ。

「なんとしてでも蒸気機関を完成させる。それができれば、サルバトーレに敵はいない」

そして、私は……その責任と覚悟を背負わなければ、いけないのだ。

のちの評価は後世に任せるわ。

私は、今やれることをやる。少なくともそれが私にとっての最善なのだから。

＊＊＊

「暑い……」

たった一日の船旅が明けると、着込んでいた厚着は無用のものとなり、工場で使う作業着の方が恋しくなるような空気がそこにはあった。

海風による涼しさを求めて船の甲板へと出ると、壮大な光景が私の目に飛び込んできた。

海の国、ダウ・ルー。その国は、大小様々な島が点在していて、それぞれに何隻もの船が停泊している。生活の主体は一応、陸地のようだが、あまりにも船が多く、一見すると海上都市とも、船上都市とも言える凄《すさ》まじい風景だった。

船が進むたびにわずかだが国の生活風景が見えてくる。

一応、陸地では畜産などをおこなっているようだが、それはメインではないらしい。むしろそれぞれの島の各所で塩田が作られていて、中には島一つを巨大な塩田にしている場所もある。

海の国というぐらいなのだから塩も豊富だと思っていたが、これは予想以上だ。

そんな光景を見ると、改めて、この世界がファンタジー世界なのだと認識させられる。

何より、凄まじい熱気だ。今大陸は冬のはずなのに。

「同じ大陸に存在しているのよね……ここ？」

どういう理屈なのかしら。日照時間とか地軸の傾きとか色々あるけど、これはもうそういう問題じゃない。マグマとか海底火山の地熱？　いやそれもおかしいか。

まるでこの一帯だけ、別の土地の環境を用意したみたい。

「よくわかんねぇよな。こっちから北に行くと一年中、雪が降ってる国もあるぐらいだしな」

アベルも薄着になり、袖をまくっている。

元の世界にもいわゆる常夏の国というものは存在するけど、隣接する国同士でここまで寒暖差のある場所って聞いたことないわね。恐るべしファンタジー世界と言うべきか、恐るべしキャラスチール用の都合の良い設定と言うべきか。

まぁ多分、魔法とか何かでそういうことになっていると理解しておこう。私は別にこの世界の謎を解き明かしたいわけじゃないし、そういうのは好きな人がやればいい。

それ以上に私が求めるのは技術だ。

「どうかな我らが母なる海、ダウ・ルーの光景は」

舵輪《だりん》を握るアルバートはどこか得意げだった。

「外国の者は、我らの国を見ると同じ顔をする。そら、見えてきたぞ。あれが我らの王都だ」

彼が指さす方向には軍艦と思《おぼ》しき船を十隻も並べた島がある。軍艦だけではない。大小様々な商船も停泊しており、海の向こうへと出発する船も見られるし、こちらに向かってくる船もある。

遠くから見てもわかる。とんでもない活気にあふれた貿易港だ。

昔、映画で見たような光景ね。ポートロイヤル？　それともベニス？

「現在、我が国の王は海賊対策の会議に出ている頃だ。挨拶などもしていただきたいが、それは余裕ができてからでいいだろう。このあたり、この国は緩くてな。まずは我が家へご案内する。早急に、あの者たちを休ませてやりたいからな。幸い、この国には外国の医者もいる。何か手立てがあるかもしれん」

「そうね……そう願いたいわね」

外国の知識。それはとても魅力的だった。

それからの動きはまるで予定されていたように素早かった。アルバートの船は王都島に隣接する小島に停泊した。島一つが彼の家というか、領地になるらしい。当然、ここも賑《にぎ》わいを見せていた。

海運業の御曹司というのは伊達《だて》ではないということかしら。

短い船旅を終え、アザリーとそのメイドは早急に病院へと運ばれた。しばらくはこの土地の医者に任せるしかないのは歯がゆいところだ。

一方で、私たちはこのままアルバートの屋敷《やしき》に案内されるはずなのだが。

アザリーたちが運ばれるのと入れ替わるように海兵の姿をした男たちが数人やってきて、アルバートになにやら報告をしていた。それを聞いたアルバートは一瞬だけ眉をひそめて、次の瞬間には小さなため息をついていた。

「またかね……やれやれと言いたい気分だ。これも海国の定めとはいえ……すまない、君たち。少々、航路の方で問題があったようだ。調整に入るので、しばし我が国を見て回ってくれないか」

「何かあったの？」

「海賊だよ。最近活発でね」

アルバートは肩を竦《すく》めていた。その口ぶりからするに、ここ最近になって問題になったのだろう。

彼は私たちに軽く頭を下げると、船員たちに後を託して、急ぎ自分の屋敷に戻っていった。

私たちもそれを見送り、ひとまずは迎賓館のような場所に案内される。そこで外国との貿易で手に入った珍しい紅茶を用意され、元の世界でも見たことがないようなフルーツの盛り合わせを提供された。どうやら、本来ならこの形式で商談などを始める予定だったようだ。

「内陸では戦争、海では海賊。どこもかしこもきな臭いな？」

紫色のバナナのようなフルーツの皮を剝《む》きながらアベルも苦笑いをしていた。

同盟国であるはずのダウ・ルーが、なかなかサルバトーレ側で参戦しない理由はこれか。

大陸内での政治的な問題もあるのだろうけど、それ以上に、彼らの生命線である海運に支障が出て、手一杯というわけだ。

「国が乱れる時というのは往々にして同時に起きると聞いたことがある。小難しいことはわからんが」

そんな話を聞きながら、私もオレンジのようなフルーツを手に取った。

ひとまずは腹ごしらえといったところ。

今、この部屋には私とアベルしかいない。ついてきた使用人たちも休ませてあげたいので、ひとまずは客間へと向かわせた。

それにしても……なんだか最近、二人きりになるわね。

「……」

「……」

そしてこれだ。

会話が続かない。仕事の話はいくらでもできる。でもそれ以外となるととたんにこれだ。お互いにこうなるのだ。

確かに、私もどっちかといえば騒がしいのは好きじゃないけど、こういう無音だけが続く環境はそれはそれで嫌なのよね。騒がしすぎない程度には雑音があってほしいというか。

あと、やっぱり、何だかんだ男性と二人きりというのが慣れない。

何か話した方が良くても、今私の頭に流れてくるのは仕事の話だ。それが楽しくて仕方がないのだから自分でも難儀だなと思う。

「なぁ」

「はいっ！」

思わず高い声で返事をしてしまった。

「……なんだその声」

「き、気にしないで。なに？」

「いや、ダウ・ルーでの一件が終わった後の話なんだが。まず、アザリーたちをうちで引き取ろうと思う。今はどこのどなた様ともわからないが、あの子らの立場は宙ぶらりんだ。誰かが保護してやらないとどこに飛ばされるかわかったもんじゃない。見つけた手前、俺たちで面倒を見てやるのが筋って話だろう？　それに、俺の予想が当たっていたら……」

「予想？」

アベルはいつになく深刻そうな顔をしている。

「あのペンダント。アザリーが持っていたやつだ。あれに三日月の模様があっただろ？」

確かにやたら目立つ模様というか紋章だったわね。

「あなたもそれを気にしていたようだけど？」

「三日月模様なんて装飾としてはありきたりだ。だが、あれは違う。多分、サルバトーレの連中に見せてもどこのものかわからんと思うぜ。何せあれは今は使われていないって話だからな」

「あなた、あれを見たことあるの？」

「ある。世話になっていた盗賊にいたんだよ、同じ紋章を刻んだ鎧《よろい》を持っていた奴が。そいつはかなりの爺《じい》さんでな、口数が多い方じゃなかったし自分のことをあまり話す奴でもなかった。それに年齢もあったのか、病気でくたばった。だがそいつが唯一教えてくれたのは祖国だ。そいつは……ハイカルンの出身だった」

「それって……！　つまり、あの子たちは！」

「ハイカルンの人間だ。しかも、あれはかなり古い時代の紋章だと聞いた。今現在では使われていない……大昔の戦争時代に使われていた奴らしい。その爺さんは代々近衛兵《このえへい》をしていた家系らしくてな。先祖から受け継いだものと言っていた」

「ちょっと待って。先祖から受け継ぐほどに古い紋章を持っているって事はあの子たちもそれ相応に地位があるという事になるけど……」

「爺さんと同じく近衛兵……それも親衛隊とかの地位にいたか。もしくは……古い紋章を与えるだけの地位。そう、それこそ王家に連なる者たちかもしれない。どっちかはわからんし、本当にあいつらの持ち物なのかもな」

　これは……随分と凄まじい情報ね。

「件《くだん》の盗賊連中に話が聞ければ、もっと詳しいこと、それこそハイカルンについてもわかりそうなものだが、あいにくと今連中がどこで何をやっているのかは俺もわからん。とっくに全員くたばってる可能性もあるし、お縄についてる可能性もある。それに、こんな状況だ。俺が好き勝手に動くわけにもいかない。俺は、腐っても領主だからな」

アベルのもたらした情報は、さすがに私も愕然《がくぜん》とするものだ。

アザリーが、ハイカルンの人間である。その事実は衝撃である。

だが同時に、不可解な点も出てくる。

「ねぇアザリーは……あの口ぶりからするに、家族を失っているのよね？　ハイカルンで何が起きているると思う？」

「わからん。国交もほぼ断絶に近いし、あっちがどういう気風の国なのかも流れてくる噂ぐらいしか聞いたことはない。くたばった爺さんもそこは何も教えてくれなかった。だが近衛兵をやっていた爺さんが盗賊に身を落とす時点で何かよくないことが起きてるのは事実だろうな」

「国内が安定していないってこと？」

「もしかすると、それがそもそもの戦争の理由なのかもしれないな。資源問題とかでよそから略奪しないと成り立たなくなったのか、もしくはクーデターだ。稚拙な考えだが、意味のわからない戦線拡張はこれで説明もできる。国家が暴走している。治める統治者がいなくなった。筋が通る話だ」

「クーデター……」

難しい話になってきたわね……やはり、詳しい話はアザリーに聞いてみないことにはわからないけど……今のあの子からでは、まともな情報は手に入らない。いや、ちょっと待て。それだととんでもないことにならないかしら。

「ねぇ、仮にそのクーデターが本当としましょう。ガーフィールド国王が考えている和睦って」

「十中八九、失敗する。下手をすれば……国王は襲撃される可能性もあるな」

「ちょっと待ってよ。身内も怪しいっていうのに、相手も相当怪しいじゃない」

だけど、この説はまだ私たちの予想でしかない。仮にこれを国に報告しても、証拠がないのでは考慮もされないだろう。報告できたとして、信じるのはグレースとザガートぐらい。それでも十分心強いけれど、あの二人でも大きく国を動かす決定権はない。

「アザリーの記憶が戻ることを期待する……なんて消極的よね」

どうする。どうすればいい。何をどう言ったところでハイカルンがこちらを襲ってくるのであれば、それに抵抗するまでだ。そんなことは当然だ。今更それを戸惑うことはない。私にしてみれば、こちらの勝利による早期の戦争終結こそが目的だし、それが一番穏便で平和的だ。

そして今の情報で、もはや和平交渉なんて無視しても良いとすら思っている。

だがそれは私たちの判断だ。国王であるガーフィールド、そして大臣たちが納得しなければ覆すこともできない。しかも大臣がそもそも信用できないときた。

となれば……私たちはまた無茶をすることになる。

だけど、そのためには……。

「とにかく今は力を蓄えないと。ダウ・ルーの交易ルートや人材を得ないといけない。グレースやザガートにも動いてもらうことになる。そして、祖国を焼かれた者たちの感情も利用する。私は、とんでもない悪女ね。フン、上等よ。あとの歴史家になんて言われても構うことはないわ。やってやろうじゃない。むしろ余計にやる気が出てきたわ」

もはや止まってやる道理もなくなった。

同時に、やっぱりこういうことを考えると生き生きしてくる自分に思わず笑ってしまいそうになる。

あぁ、私は、根っから、そういうタイプの人間だったのだと。

私が色々なものを覚悟した時だ。

「なぁ、いずす」

不意にアベルが私の両肩を摑《つか》んだ。それは突然のことだったし、私としても意識していなかったことだった。

「え?」

じっと私を見つめるアベルの顔がある。

「時間をくれ。お前が覚悟を決めるというのなら俺もやるべきことがある。そのためには時間が必要だ。しばらく、領地を留守にするかもしれん。領主がそんなことをして、許されるわけもないが、これは必要なことだと思う」

「る、留守?」

「お前は、戦争をする覚悟を決めた。勝利のために多くのものを利用する決断をした。なら、俺も同じだ。かつての古巣を探す。無駄骨になるかもしれないが、連中が一番ハイカルンに近い。何か情報を得られるとしたらこれしかいない」

「そんな、アベルが無理をすることは」

「旦那にも仕事を寄越せ。俺にできるのは頭を下げることだ。それでお前の助けになるのなら、十分だ。だから、そのために、行かせてくれ。奴らを引き込めば、山向こうの事情だってわかる。アザリーのことも。それに、樹海にはドワーフやゴブリンだっている。あいつらは金属に詳しいんだ」

「信用できるの？」

サルバトーレというか、山のこっち側の地域では亜人とは野蛮で恐ろしいモンスターという偏見が強い。

だが実際はそうではなく、彼らなりのコミュニティを形成しているという。

それが、歴史的な背景でこっち側とは関係が断絶して、伝聞だけで悪いイメージが広がったとのことだ。

なぜサルバトーレが炭鉱などの扱いが少々悪かったのか、また一つ理由のようなものが出てきた。野蛮とされる者たちがやっていた仕事だからだ。

そういった偏見が続いて、彼らを雇いもしなくなったというわけだ。

「トロールだっている。連中は強いぜ？　戦力に使えるかもしれん。それに屑《くず》の集まりだが、エルフの頭領は話がわかる。金を払えば言うことは聞くさ。今は、少しでも戦力が必要なはずだ。そうだろう？」

「それはそうかもしれないけど……居場所の見当や協力を取り付けられる確証はあるの？」

「なぁに、ザガートも巻き込むさ。俺個人で見つけられるものじゃない。俺たちは、共犯者だ。それにあいつはうちのコスタも勝手に使ってるからな。逆に今度はあいつを使ってやるのさ」

なおもアベルは私の顔を見つめていた。

彼は、かなり真剣なことを言っている。それはわかる。

相応の覚悟を私に伝えようとしていることも。

……それにしても、

「……私たちの会話って、全然夫婦らしくないわね」

思わずでた言葉に、アベルはちょっと呆《あき》れ気味だった。

「おい、言うなよ。俺だって気にして——」

「——」

無音。

私たちの間に音はなかった。

静寂。

同時に私たちの間に、温もりが伝わる。

かと思えば次の瞬間にはバクバクとした心臓の鼓動が痛いぐらい伝わり、体中を血液が駆け巡る。

人生初めてのキス。それがこんなムードも何もない場面で、しかも、私から。

自分のやったことの勢いに、自分でかぁっと顔を赤くして、即座に離れる。

感触はまだ残っている。視線は、どこを向けていいのかわからない。

それでも、口だけはなんとか動く。

「とにかく戦争を終わらせる。あとのことは、その時考えましょう。それでも、遅くはないはずよ」

恥ずかしさを払拭するためにとにかく言葉をひねり出す。そうなったらもうあとは勢いだ。

そんな私の感情は、アベルにも伝わっているようだった。

「わかった。つまり俺は、何が何でも結果を出さなきゃならなくなったというわけだ」

彼も、突然起きたことに若干目が泳いでいるけど、会話には合わせてくれる。

「そういうこと。私に恥をかかせないでよね」

「当たり前だ。お前にはまた振り回されることになるからな」

なし崩しのような形だった気もする。

まぁでも、それでいいじゃないか。

そういう関係があっても良い。

そうだ。私はもう止まらない。

だからこんな大胆なこともできるようになった。

そう思った刹那である。

ノックの音が部屋に響いた。

ただそれだけなのにお互いが即座に距離をとる。まるで何もしていませんよというように。

ノックの後、扉の向こう側から声が聞こえる。

『すまないね、こっちの用事が終わったのだが、よろしいかな。そちらの用事も済んだとお見受けするが？』

声の主はアルバートだ。

「え、えぇ、大丈夫よ」

「問題ない、入ってくれ」

両開きの扉を開いてやってきたアルバートはちらりと私たち二人の顔を見比べるように視線を向けていた。

「少し早いが昼食の用意をさせようと思うんだ。ぼんやりする頭を働かせるには食事が一番だと聞いたことがある」

アルバートはほんの少しだけ、私たちに微笑を向けていた。彼の口ぶりから察するに、私たちがこの部屋で何をしていたのかは想像がついているといったところか。それをあえて指摘しないのは彼なりの優しさなのだろうか。

おおらかにして気配りのできる男。そういえばゲームでアルバートはそういう風な紹介をされていたっけか。なるほど、仮にグレースが彼と結ばれても、それはきっと幸せだったのだろう。

＊＊＊

たった三人での少し早い昼食。

海の国と言うだけあって、メインはやはり海産物で、魚のグリルが提供された。そしてどうやら生魚は出さないようだ。このあたりはゲームの元となっている中世的な価値観だろうか。

まぁ私も下処理が出来てるかどうかも怪しい生魚を食べたいとは思わない。そこまでの信用がないし、元の世界でも海外での魚の生食ほど危険なものはないと理解している。

でも……刺身は食べたいなぁ……この世界、日本的な国はないのかしら。それともどこかにある？　板前とかきてない？　聞いてみてもいいかも。

「では改めて。我が父、シャザム・バルファンの名代として此度《こたび》、会談を取りまとめることになった、アルバート・バルファンであります。我が盟友、ザガート・ネシェルの推薦、恐れ多くもサルバトーレ王妃様からも是非にとお言葉を頂き、我が国とサルバトーレの友好をさらに深めるべく、近年、目覚ましい発展を遂げるマッケンジー家と我がバルファン家との間に深い関わりを持たせていただきたい。我々からは輸送船及びこちらが持ついくつかの海上交易ルートを提供する準備がございます。いかがですかな？」

食事が一段落したあたりで、アルバートは食器が片付くよりも先に、話を持ち出した。

輸送船、海上交易ルート。

これは……大きく出たわね。

「それはありがたい話です。こちらとしましては、当然、石炭と鉄、特に鋼を輸出する準備がございます。その他、鋳鉄、錬鉄ももちろんのこと、加工品もございます」

「マッケンジーの製鉄の質の良さはこちらにも届いている。それらを海外に輸出するのだ。いくらかのマージンは頂くが」

これは当然の話だから了承する。細かい金額のすり合わせをする必要もあるけれどね。

「一つ要望なのだが、ストーブとかいうものを我らも欲しい」

ストーブ？　この常夏の国に？

「不思議ですか？　この国は年中が夏とはいえ、長い航海は、海域によっては寒さがこたえる。我が国民は暑さには強いが寒さにはめっぽう弱い。暖房器具というものはあって困るものではない」

なるほど。考えてみればそうだ。

「わかりました。では、そちらも追加いたします」

さて、本題はここからだ。

「既にお話の方は通っているとお聞きしていますが、現在、我がマッケンジー領は『鉱業』から派生して、『製造業』においては発展を続けていると自負しています。しかし、『製造業』をただ続けるだけでは発展は止まります。私たちにも知恵袋と呼ぶべき先生がいらっしゃいますが、彼も体は一つ。新しいことに挑戦しようにも、こちらには技術者が圧倒的に不足しているのです」

「ふむ。石炭を使い、鉄を作り出し、あまつさえルビーすら作り出した女性からそのような弱気な発言が出るとは正直なところ、驚きです。そちらには十分な技術があるとお見受けするが」

「私は、鉱石のことに関しましては自信があります。それにまつわる知識も持ち合わせている。ですが、私がこれからやろうとしていることはそこから一歩進んだ話でございます。これは、バルフアン家、ひいては海運を主要産業とするダウ・ルー全体の利益につながることでもあります」

「ほう？」

その瞬間、アルバートの顔が少し変わった。おおらかな彼は、眼差《まなざ》しもどこか優しげであるが、今の彼はまさしく海運を取り仕切る若社長の顔つきであり、その眼《め》も鋭くなっていた。

それは商売の匂いを嗅ぎつけた者の顔だ。

「蒸気機関」

その単語は、アルバートはまだ知らない存在を指すもの。

しかし、彼の鋭い視線は変わらない。続けろという意味だ。

「魔法ではない、魔法を使わない、水と燃料によるエネルギー。この機関が生む動力を使えば、大地を高速で走る鉄の馬車も、鋼に覆われた巨大な船も、風を使わずとも海を渡らせることができる。既に試作品はできていますが、完成度は低く、まだ実用化には届いていませんが」

私は手短に、蒸気機関についての説明をおこなった。それは簡易なものであり、専門的な説明とはほど遠いものであったが、それでも水の加熱によって発生する蒸気がエネルギーになることは理解してくれていると思う。

蒸気機関も理屈自体は簡単なものだ。だがそれは言葉で説明するのが簡単なだけで、実際に問題なく稼働する蒸気機関を開発しようと思えば、やはり相応の時間はかかる。

現状ではケイン先生がある程度、理屈を理解しているし、こちらも石炭や鉄材の準備は万全である。だけど、こういった文明を進めるための技術は何を言ったところでお金と人材が必要だ。

金はなんとでもなる。売れるものはなんでも売ればいい。

しかし人材だけはそうはいかない。こちらが給料を出そうとしても、人がいない、集まらないでは意味がないのだから。

「なるほど。ケイン先生が絡んでおられるのか」

ここでもケイン先生のネームバリューは活用できる。どんな不思議なものでも、あの人が関わっているのならそれは使えるものになると思われているわけだ。

「蒸気機関というものについてはある程度、理解した。では単刀直入に聞こうか。何が欲しい。融資か？」

「可能であれば。ですがもっと欲しいものがあります。人材です。人をこちらに流してほしいのです。多くの頭脳を、知識人を、技術を、知識を。そちらはただ、サルバトーレに面白いところがあると誘導してくだされば良いのです」

「旅行先に、お前たちの領地を紹介しろというわけだな？」

「概《おおむ》ね、その通りです」

もちろん交流のためのサロンだって準備させる。

「ふーむ」

アルバートは腕を組んで、思案を始めた。

この内容、アルバート側に損はほとんどない。

ここでアベルが切り出す。

「蒸気機関開発への出資はなくても構わない。そちらの、バルファン印の品をこちらの領内で流通させることも約束できる。そうすれば、人の流入がスムーズになる」

「ふむ。悪くない提案だ。こちらは売るだけ。人を向かわせるだけという話だからな」

アルバートが頷《うなず》くのを見て、アベルはさらに提案を重ねた。

「幸い、我が領内には、先の戦いで難民となったコルカットの者たちが多くいます。彼らに職や土地を与えはしましたが、それでも生活に必要な物資はそうそう用意できるものではありません。良心的な価格で売ってくださるのであれば、その避難区域においてバルファン印の商品を優先して売ることもできる」

決して悪い話ではないと思いたい。バルファンは自分たちの商品を卸せるし、あとのことはほとんど無料だ。人をこちらに紹介すればいいだけ。

しかし、この話を確実に締結させるにはもっと重要なことが残っている。

「目下、問題なのは現在サルバトーレが置かれている状況……ひいてはこの大陸全土に関わる問題だ」

さらにアベルが切り込む。

「理解している。ハイカルンだったか。最後に直接的な交流があったのはもう何百年も昔。曾祖父《そうそふ》たちの時代と聞いている。その国が周辺各国に戦争を仕掛けたというのはこっちでも聞いている。だが、ダウ・ルーもなかなかに厄介な問題を抱えていてな」

そういえば、海賊がどうこうとか言ってたわね。

「そっちの戦争の影響なのかは不明だが、海賊どもの動きが盛んになっている。中には、見たことがない連中も暴れていてな。ダウ・ルーとしても国益を守るために海賊との小戦争状態に陥っている状態だ。ゆえに、盟友であるサルバトーレに援軍を出すこともできん」

海には海の問題があるというわけね。

「それに最近は海の魔物たちの様子もおかしい。たまに迷い込んだ巨大タコやイカ、それと二つ首シャークが出るようになってな。本来であればもっと深い海にいるようなモンスターなのだが、こんな沿岸にまで出現するようになるのは珍しい。しかも、狂暴化していて、小型の艦船は海に出ることすら躊躇《ためら》われる。その護衛に船を出すのも限りがある」

「ん？　なんですって、二つ首、シャーク？」

「十五メートル級のモンスターだ。たまに変異種の三つ首が出る。あれが出るとしばらくは漁ができなくなる。厄介な奴で、さっきも言ったが最近は獰猛《どうもう》さも増している。どうかしたか？」

「……ごめん、続けて」

これは無視よ。想像もしちゃだめ。

なんでかしら。全く別のストーリーが展開しそうな気がしてきた。

「どこかの国ではあれらを食材として調理するらしい。臭いし、食えたもんではないんだが……まぁいい。とにかく、戦争に関して、こちらは残念ながら援軍は出せないということだけは理解してほしいところだ。グレース王妃からも、両国の関係強化の旨の連絡をもらってはいるが……あの子の口から軍事の話が飛び出るなんて思わなかったのが正直な感想だな。大人になったといえばそれまでなのだが……それに、親友の国王即位の儀に参列したかった。いやそちらの状況は理解しているつもりだ。すまない、余計な話だったな」

アルバートは少し悲しそうな表情を浮かべていた。彼の中では、グレースはまだ学生時代のうら若き乙女のままなのだろう。美しき記憶といったところか。

さて、これは言っていいものなのかどうか。

私はアベルの方へと目を向ける。彼も同じことを考えていたような目だ。

グレースによるガーフィールド国王の死の予知。このことを知っているのは現状では私とアベル。そして恐らくだけどザガートも知っているはずだろう。グレースも彼を懐刀と理解しているだろうし。

「グレース王妃が今窮地に立たされているといえば、あなたはどうします？」

「なに？」

突然の話にアルバートも怪訝《けげん》な表情を浮かべた。

「サルバトーレが雪解けの春にハイカルンと和睦を結ぶつもりであることはご存じですか？」

「和睦……そうなのか？　さすがにそれは知らないな。そちらの国の話であれば、なおのことなのだ。和睦か。悪くはないと思うが？　春になれば作付けも始まるし、戦争をやっている暇もないはずなのはお互い同じだ」

「ではその和睦の場で、ガーフィールド国王が死ぬかもしれないとしたら？」

「どういうことだ？」

「……これは、あまり多くに広めるわけにはいかないのですが……グレース王妃は、漠然としながらも、未来を予知できるようです」

「予知……いや、それは……いや、確かに、時折、あの子は妙に勘が鋭い時があったが……だが」

アルバートとしても思い当たる節があるようだ。

「しかし、予知があるとしよう。ではガーディに危害が加わるという具体的な証拠や、その状況はなんだ？　それがなければ、いかに親友の危機とはいえ、兵を出すことなどできん。こちらの王の顔にだって泥を塗る行為になる」

それは正しい意見だと思う。何も証拠はない。あるのはグレースの予知だけ。

そしてもう一つ……アザリーの存在。あの子がハイカルンの人間であれば、あの国では、何かが起きている。それはつまり、予測ができないことが起きてもおかしくはない。

だが現在、ハイカルンはこちら側の国々とは鎖国状態であるから、確認のしようもないし、アザリーの状態では信憑《しんぴょう》性もない。

しばし沈黙の後、アルバートは苦しげに繰り返した。

「んん……いや、やはり軍は動かせん。戦いをおこなうにはそれ相応の大義がいる。現状、我々にはそれがない。過干渉になってしまう。もし……グレース王妃の予知が当たっていたとしても、それを根拠にするには苦しい……」

やはり、厳しいか。

「同盟が強固であることを示す声明などはいくらでも出す。だがこちらも対処せねばならんことが多い。もちろん、親友夫妻を助けてやりたい気持ちはある。だが、これればかりは俺の独断では動かせないんだ。君たちとの商談及び交易ルートの提供。それで間接的に力になることしかできない。塩や海外の商品もいくつか卸す。それで手を打ってほしい」

「もちろんです。それだけでも十分です。なんといっても、これは国内の問題。それは我々の手で解決するべきでしょうし」

そうだ。この関係の強化だけでも大国同士のつながりはばっちりとあることを内外に示すことができる。

少しでも戦力を増強させておきたかったけど、これればかりはねだりすぎという話だ。

結果的に、私たちの目的のほとんどは達成されたも同然だろう。そもそも即効性のあるものではない。

私たちがやっているのは種まきのようなものだ。技術の革新という開花につながる芽吹きはいつになるかわからない。

それよりも大口の取引先が一つできたことを喜ぶべきだろう。

「では、ひとまずはこのぐらいで。細かな打ち合わせはまた明日にでも……」

歯切れが悪いとまでは言わないが、アルバートには多くの疑念や不安が残る会議になってしまったことは謝るべきだろう。

なんとも言えない空気の中で、解散しようとした矢先であった。

ノックもそこそこに、部屋には慌てた様子の海兵が入ってきた。

「若様、軍医より至急報告したいことがあるとのことで」

「なんだ」

「ハッ、それが……」

その若い海兵はちらりとこちらを見てから、一息に口にした。

「皆様がお連れになられた二人。メイドの方の容態が急変しました」

「なんですって？」

確かに、あのメイドはひどい状態だったけど。

「ですが、意識ははっきりとしています。それで、何やら伝えたいことがあると……」

「すぐに案内しろ」

第三章　流転する陰謀

案内された病院は海兵たちの拠点の中にあった。それはどうやらこの国では当たり前のことらしく、軍事施設は同時に複合施設として活用されているらしい。もともとは狭い島を開拓する際に仕方なく、港に複合的な機能を持たせなければいけない状況から広まっていったのだとか。

それはさておき、私たちはそのまま、病院の一室へと案内された。

一瞬だけ、錆《さび》臭い臭いが鼻を突き刺した。病室は綺麗《きれい》にはなっているが、先ほどまで何か処置でもしていたのだろうか。処分用に積まれた包帯なのかタオルなのかわからない布地は赤黒く染まっており、何があったのかを物語っている。

病室の中央、ベッドが二つ並んでいるが、横たわっているのはメイドだけで、アザリーと名乗った少年はぴたりと彼女のそばから離れず、泣き叫びながらその手を握りしめていた。

「ネリー！　しっかりして、ネリー！」

ネリー。それがメイドの名前なのだろうか。

「――」

しかし、突如としてアザリーはまるで糸が切れた人形のように意識を失い、彼女の方へと倒れ込んだ。

その一瞬だけ感じた魔力。あえて魔法から離れたことをしているからこそ、それを敏感に感じるようになった私は、彼女が魔法を使ってアザリーを大人しくさせたことを理解した。

するとネリーは、せき込みながらも、何か、か細い声を出していた。凍傷の跡が残る顔を隠すこともせず、同時に、彼女の亜麻色の髪が徐々に灰色に変色していく。

それはいつか見た、ザガートが使っていた変装の魔法に似ていた。

「何か、言っている？」

私はそれが何か重要なことだと直感した。

即座にネリーのもとへと駆け寄ると、途切れ途切れながらも彼女は私たちに何かを伝えようとしている。

「巫女《みこ》が……あの女がくる……！」

ネリーは私の腕を摑《つか》むと、鬼気迫る表情を浮かべて、あらゆるものを吐き出すような勢いで言葉を発した。

「我が国を堕落させたあの女が……！　全てを根こそぎ腐らせるあの女が……！　エイプリル……！」

「女？　なに、一体何を」

エイプリル？　それが女の名前？

問いただそうにも、それは不可能だ。

ネリーはより一層大きくせき込むと、次第に声がかすれていく。

一言を発するだけでも苦悶《くもん》の表情を浮かべていた。

「ハイカ……既に、毒に……我が身も、もはや……」

ネリーは目を大きく見開いた。

「弟を、助けて……我らの国……全ては、ラウに託し……ペンダントに……希望は、あの中に」

その言葉を言い終えると同時に、彼女は静かになった。

目を大きく見開いたまま、ぴくりとも動かなくなった。最後の力を振り絞った末とでもいうように。

間違いなく、その瞬間、彼女の命は潰《つい》えた。

生々しい感触が、私の腕に残る。

「弟……？」

彼女はそう言った。魔法を使い、変装をしていた。

アザリーがハイカルンの人間であることはアベルの考察でそれとなくわかったことだ。ということは彼女もまたその関係者。しかし、わかったのは二人が姉弟という関係のみ。

いや、もっと重要なことを彼女は言っていた。

「毒？　毒と言ったの、彼女は。それに、巫女って」

背後が騒がしくなっていることに気が付いていたけど、私はそんなことはどうでもよくて、彼女の遺言の意味を考えていた。

ラウ。それが名前であることはすぐにわかった。弟と言っていた。彼女の弟、それはアザリーを名乗る女装したこの少年のことだ。

つまり少年の本当の名はラウ。それはわかった。

だがもっと不可解なのは毒という言葉。意味はわかるが、なぜ毒なのだ。

毒物を飲まされた。いやそれならば、さすがに軍医も理解するだろう。アザリー……ラウにはそれらしい症状はない。だが、息絶えたネリーはどうだ？　ひどい凍傷と、吐血、これらに因果関係はないはずだ。凍傷で吐血など少なくとも私は聞いたことがない。

内臓を何かで侵されたとしか言えない。ではなんだ。それが毒だとして何を盛られた。

吐血に至るような毒は非常に強力ではないだろうか。そんなものを摂取して長時間の間、生存が可能とは思えない。吐血は結果的に起きてしまったことであり、それは毒による症状ではない？

もしも、この世界で医術がもっと発展していれば、即座に特定できただろうに。

私にまともな医療知識はない。初見で何がどうなんて判断もできない。

それに巫女ってどういうことだ。この世界の宗教的な問題も絡んでいるのか？

「ハイカルンは……毒に侵された？　そう言いたかったの？」

その時だった。

病室の外がにわかに騒がしくなる。

「お客様、困ります！」

「えぇい、邪魔をするな！　お伝えしなければならぬことがある！」

聞こえてきたのは誰かを引き留めようとするアルバートの従者たちの声。

そして私は、その制止されている方の声に聞き覚えがあった。

同時に、扉が勢いよく開かれると、そこにはボロボロになったコスタの姿があった。

「コスタ！」

なぜ彼がここに。しかも、野盗にでも襲われたのかというぐらいに傷だらけで、衣類もボロキレのようだった。

コスタは私とアベルの姿を認めると、大粒の涙を流し、すがるように駆け寄った。

「あぁ、奥様、旦那様！　く、うう……ザガート様が……ザガート様が……」

「ザガート？　ザガートがどうしたというの！」

ザガートに一体何があったというの。

コスタはうめくように、泣き叫び、答えた。

「ザガート様が、襲撃を受け、私とラウ王子とネリー王女を逃がすため……う、うぅ……お一人で、お、おぉ！　そのお召し物は、逃亡用の変装ドレス、ラウ王子様！　ぶ、無事、逃げおおせて、ということはネリー王女も！」

「ちょ、ちょっと待ちなさいコスタ！」

コスタの混乱ぶりは、一瞬にして場の空気を変えた。当然悪い方向にだ。

「ひっ！」

しかもこのタイミングでなぜかアザリーが目を覚ます。ネリーが死んだことで、彼女の魔法の影

響が消失してしまったのか。

とにかく、悪いことが重なりすぎていた。

アザリーは突如現れたコスタの姿に怯《おび》えきっているし、コスタはコスタで意味のわからないことを言っている。

王子だとか王女だとか、ザガートが襲われたとか。

情報が一気に押し寄せてきて、私だって混乱しているんだ。

「そ、そのお方はハイカルンの第四王子、ラウ・バンガ・ハイカルン様なのです！　お、おぉ、まさか、ネリー王女様は……こ、これはまさか」

コスタは次いで息を引き取ったばかりのネリーの姿を見て、驚愕《きょうがく》していた。

「なんと、変わり果てた姿に……」

もはや状況は混沌《こんとん》としていた。

ラウが、王子。それも、ハイカルンの？

「コスタ、あなた、一体何を知っているの」

彼がザガートに連れていかれたのは知っている。じゃあ一体何をやっていたというの。

「私は、ザカート様とハイカルンの近くにいたのです。その、私はかつて詐欺師でしたので、ハイカルンに忍び込ませる諜報員《ちょうほういん》として……」

無茶苦茶やろうとしていたのね、あいつ。

「ですが、その前に、あの方々を。国境を越え逃げのびてきたラウ王子様たちを発見し、保護したのです。その後、亡命をしたいという話になり、本国へ連絡を取っていたところ……奇襲を受け、このありさま。ザガート様が応戦し、私どもにダウ・ルーへ向かえということだけはなんとか……ですが、国境の手前で追っ手に阻まれ、離れ離れになってしまい、馬も混乱して制御を失い、私は偶然にも近場の宿場町に逃げ込めたのですが……」

だから、この子たちはあんな極寒の地にいたというわけか。それで合点は行く。

でもなんで襲われたというの。

「襲ってきたのは誰？」

「鎧《よろい》は黒く塗りつぶされていました。黒騎士という奴《やつ》です。ですが、ザガート様はこうおっしゃっていました。『俺が襲われた理由を考えろ』と」

せき込むコスタ。よく見なくても、彼はだいぶ衰弱している。

「あなたも、よく無事だったわね……」

「かつては密輸もしておりました。賄賂を用意するのは常識です……それで、馬などを買い、なんとかここまで……」

コスタは空っぽになった革袋を見せてくれる。彼にしてみればへそくりだったのかもしれない。

「そんなことよりも、お気をつけください、奥様。ラウ王子様を、誰にも、渡してはなりません。ザガート様は別れ際に、そうおっしゃっていました」

その言葉を最後に、コスタはうなだれ、動かなくなった。

「落ち着けいすず。気を失ってるだけだ……とはいえ、無事ってわけでもなさそうだがな」

アベルの言う通り、コスタは極度の疲労によって失神していた。

「ラウを誰にも渡すなですって……？」

ザガートが残した最後の言葉。

その意味がなんであるのか、その時の私はいまいちピンと来ていなかった。

＊＊＊

結局のところ、私たちがわかったことはあまりにも少ない。その少ない情報がとんでもない爆弾であったことを除けばだが。

王女だったというネリーの遺体は、火葬にも土葬にも、ダウ・ルー式の水葬にもされず、棺《ひつぎ》に入れられ、何重もの魔法によって凍結された。事情がどうあれ王家の人間であり、勝手なことはできないという判断だった。それでも、凍傷で傷ついた少女を、これ以上傷つかないようにするために氷漬けにする。それには私個人としては矛盾を感じたが、これを執りおこなったのはアルバートだった。氷の魔法を得意とする従者を集め、彼女をこうして『保管』することを決めた。

「サルバトーレと戦争中の国の王女が、ダウ・ルーで死んだという事実は正直俺の手には余る。国際問題になることは間違いないし、彼女の遺体の扱いで大きくもめるのも目に見えているからな」

それは、政治的な判断だったかもしれないし、死した彼女をたとえ取引であっても道具として扱うことを良しとしなかった、アルバートなりの配慮だったのかもしれない。

「これは彼女の尊厳のためだ。それに、ザガートが襲われた。この意味を考えると、俺は今回の戦争に色々ときな臭いものを感じてきたよ。君たちも、気を付けるべきだ」

その言葉は、アルバートとしてできる最大の助言だったのだと思う。

「ザガートは、ラウ王子を誰にも渡すなと伝えたのだろう。なら、ダウ・ルーに残すのも得策ではない。あいつは、遠回しなことを言うが、無駄なことは言わない。あいつがそうしろと言うのなら、それが一番、状況がよくなるということだからな」

様々に情報が駆け巡った後、ここでじっとしているわけにはいかないと私は判断した。

コスタは、今のままでは帰路に就くことすら危ういとの判断で、ダウ・ルーに残すこととなった。意識も朦朧《もうろう》とし、体力的にも満足に動ける様子でもない。

ままならない思いを胸に、私たちは、この波乱の新婚旅行を終えることとなった。

第四章　暗躍する魔の手を払え

　マッケンジーの領地に戻った私たちを真っ先に出迎えたのはやはりいすず鉄工の面々で、一瞬にして、奥様たちが私たちを取り囲んだ。

「え！　なにこの子！　可愛《かわい》い子！」

「お姫様ー？　どこの家の子ですか？」

　出迎えの言葉はそこそこに、彼女たちは明らかに新顔であるラウを見てわちゃわちゃと騒ぎ出した。取り囲んで飛び掛かるような真似《まね》はしないが、思ったことを口にするタイプの人たちばかりなので、声には出る。そしてそんな圧力を受けると、今のラウはびっくりしたように怯《おび》えて、私の後ろに隠れてしまった。

「母上……」

　しかもそんなことを言うものだから、彼女たちの反応はますますヒートアップする。

「母上！」

「母上って言ったわ！」

「隠し子！」

「そんなわけないでしょ。ほら、奥様は旅行の帰りでお疲れなんだ。荷物運びを手伝うんだろう。ちょっと、あんたー！　ぼさっとしてないで手伝って頂戴な！」

　ここで頼りになるのがテリダだ。私たちがいない間、うまく工場を取りまとめてくれていたようだ。テリダの号令で他の女性たちも、彼女たちの後ろに控えていたグレージェフら旦那衆たちも一斉にきびきびと働き出す。

　それを見ながら、テリダはにっこりと笑みを向けてくれた。

「お帰りなさい。楽しかった？」

「ええ、とても。有意義だったし、なんだかとんでもないお土産も来ちゃったけど」

「その子……深くは聞かない方がいいかしら？」

　テリダは怯えるラウの姿を見て何かを察したようだった。まさかこの子がトラウマのせいで記憶障害を持ち、さらには自分を女の子だと思い込んでしまっているとまでは考えていないようだったが、精神的な不安定下にあることは見抜いているようだ。

「あたしらもあっちの仕事を長いことしていたから、そういう不安定になった子ってのは見てきたつもりだよ。時間が解決すればいいんだけどね……歳《とし》の近い子……といってもうちは子供も男所帯だしねぇ……女の子なんていないし」

「あ、それがね、テリダ。この子、その、色々あって……男の子なの。本当、色々あって、自分のことを女の子と思ってるけど」

　それを聞いたテリダは一瞬だけ目を細めた。

「そう……なんか、どう言っていいのか」

「それよりもテリダ。工場のみんなに伝えたいことがあるの。時間が出来てからでいいのだけど、どうかしら」

「今日帰ってきたばかりだろう？　休むべきだよ。あなたは考えることだけをやってるつもりだろうけど、体は休めるべき。そうしなきゃ話は聞かないよ」

この点でだけはテリダは頑《かたく》なだった。

「その子だって、休ませるべきだ。そうだろう？」

「そうね。確かに、色々ありすぎてさすがに疲れたのも事実だし……」

「お風呂、入るでしょ」

「えぇ、お願い」

テリダの言う通り、今日一日は休むべきだろう。

私も少し、ぴりついていたのかもしれない。

こういう時、慌てると余計に事が悪い方向に進む。

「ごめんなさいね」

「いいよ。あたしらは一蓮托生《いちれんたくしょう》って奴《やつ》だろうからね」

テリダはちょっとだけ苦笑いをしつつ、最後にラウに手を振ってその場を後にした。

「さて……」

怯えるラウを撫《な》でてあげながら、私はちらりとアベルを見やる。

「大丈夫よ。確かに不安なこともあるけど、今はとにかく行動あるのみ」

「いや……だけどよ……」

アベルはこの新婚旅行が終わったら、かつて世話になったという盗賊を探し、連れてくるということを予定していた。しかし、やはり領地を離れるという判断は不安なようだった。

ザガートが襲われたという事実。コスタの状態。そして、ラウの正体。確かに不安しかない。

まぁ……そういう心配を向けてくれることは嬉《うれ》しい。今回の旅行で、お互いの考えも共有できたから、余計に心配なんだろう。

本当に、それはありがたいことだと思う。

「あなたのやろうとしていることは正しいことよ。それはきっと、私たちの助けになる。国王陛下を助けるためにあらゆる手段を講じた臣下として、褒められることよ」

「思ってもないことを言うなよ。別に、連中がいなくたって」

「駄目。途中で放り出す人は、私は嫌いよ。それに、ザガートに頼れない今、私たちにはまともな私兵がいないのよ。戦力になるのなら、盗賊だろうが犯罪者だろうが雇用してやるわ。だから、必ずその人たちを引っ張ってきて。あとのことは……その時考えるわ」

その人たちがヤンチャをして、こっちが迷惑を被《こうむ》るのなら、放り出すまで。

「それとも、おまじないが欲しいとか？」

そういう余裕が言えるようになったのも、いろんなものを吹っ切ったおかげかしら。

かつての私では想像もつかないようなことをたくさん経験した。そういう意味では、この世界は、まさしく『面白い』のかもしれない。

「安心して。私は少なくとも、仲間を犠牲にするような真似はしない。賭けるのは自分だけよ」

私はそう言うと、アベルに抱き着いて、唇を合わせた。

「そして負けるつもりもない。だって、ここが分岐点だと思うから。ここで退いてしまったら、多分チャンスはないわ。聖翔石《せいしょうせき》の奇跡を信じなさい。きっとうまくいくわ」

そうだ。ここで終わらせるつもりは毛頭ない。

だって私はまだ産業革命だって起こせていない。

やりたいことはどんどん増える。

その邪魔をする者は蹴散らすまでよ。

＊＊＊

ラウを養子に迎えることについて王都に報告する義務はないらしい。

せいぜいが「親戚の子の面倒を見る」という簡素な説明で十分だとか。

そもそも大臣たちは信用できないし、ザガートを襲ったのが敵国の者なのか身内の者なのかわからない以上、サルバトーレの中央にそれを伝えるのは何か危険を感じたのだ。

それに、私のラウへの感情は自分で言うのもなんだか打算が全くないわけではない。この子が重要なファクターであるのは間違いない。だから自分自身、ラウという少年の利用価値を理解したうえで接している。

もちろん、愛情がないとは言わない。そこに哀れみがないとも言わない。

ただ、精神的に不安定な少年が、それでも健やかに成長できるのであれば、それに尽力したい。

仮に彼の記憶が戻らなくても、不自由なく過ごせるようにしてあげたいと思うのは私の身勝手だろうか。

それはそれとして、新婚旅行から帰ってきてすぐに、コブ付きになっていたせいで、少なからず私とアベルの不仲も噂《うわさ》されている。

中には『魔女は夫を捨て、お人形遊びに夢中』という揶揄《やゆ》もされているらしいが、まぁこれはどうだっていい。領民にしてみても雇い主の生活よりも自分たちの生活の方が重要なわけだし、いずず鉄工の面々は理解を示してくれている。

しかしだ。私は今、とんでもないピンチに陥っていた。

それは……『子供との付き合い方がわからない』ということだ。

ラウを養子にして、名前は彼が混乱しないように一応、アザリーで通している。養子なので屋敷《やしき》で一緒に住んでいる。

そうなると必然的に、交流をしないといけないわけだ。それに私は彼に対して同情もあるし、邪険に扱うつもりもない。

優しくしてあげたいとは思うのだけど……どうしていいのか、全くわからない。

「――というわけで、一見すると同じ鉄板でもその性質は様々。鉄は硬いものだけど、硬すぎる鉄に不向きな用途もある。時にはやわらかく、時にはその中間でなければいけないの」

で、結局私が考え付いたのが、勉強というわけだ。

編み物とかできないし。物語の読み聞かせぐらいはなんとかできても、子供の遊びというのも実はよくわからないし。工場にいる子供たちも平均年齢は高いから、今のラウとは遊びがかみ合わない。かといってその外の子供たちにラウを引き合わせるのは色々と問題も多い。

だから結局はこうやって屋敷の中で……という話になるわけだ。

これが悪い噂の原因の一つだったりするのだけど、それとは別にちょっとした発見もあった。

それは、ラウの知的好奇心と恐らくはもともとの人格が持つ聡明《そうめい》さが垣間見《かいまみ》えるということだ。

普段は『幼い少女アザリー』としての人格が表に出ているのだけど、なんとなしに教えた製鉄の話をすると、彼は私が驚くほどにそれらを理解し、吸収していた。

それにどうやら、もともと鉱物の知識があるらしく、炭鉱にいた者たちにも負けないほどの知識が彼の口からは出てきた。

そういえば、ハイカルンの周辺には金属に詳しい亜人たちが住んでいるとアベルが言っていたっけか。

「どうアザリー？　難しくない？」

本当の名前はラウなのに、アザリーと呼ばなければ彼は反応を示さない。

私の質問にラウはにこりと笑みを浮かべ、「大丈夫です、母上」と元気よく答えてくれる。

彼自身、どうやら勉強そのものは苦手ではないようだ。どんな国であれ、王族ともなれば高度な教育を受けることもあるだろう。それだけ、この子が優秀だということなのだろうけど。

とはいえ、やっぱりもう少し子供らしい……いえ、親子らしいこともしてあげたいと思うわけだ。

今の関係も私個人は悪くないと思い始めているけど、どっちかといえばこれは教師と生徒だし。

だ、大丈夫かしら私。仮に今後、子供ができた時、ちゃんと育児できるかしら。

あ、でも、貴族って乳母とか教育係がいるから別にいいのかしら？　いやいや、でもそれはその時代の価値観であって、私ははっきりと現代の人間の価値観で……。

「母上、どうかなされましたか？」

「え？」

どうやら私の考え事が顔に出ていたらしく、一瞬にしてラウは不安そうな表情を浮かべていた。

「アザリーは、何かいけないことをしましたか？」

「そ、そうじゃないのよ。勉強ばかりでは息が詰まるでしょう？　何か、ほら、こう……したいこととかないかしら？　なんでもいいわよ？」

言ってしまった後で、私はあちゃーと思った。

なんでもはできないぞ、私。おままごととかならまだしも。

「アザリーはお勉強でも構いません」

う……これは間違いなく気を遣われている。

勉強に取り組んでくれるのは嬉しい。とても嬉しい。でももっと親子らしいことをしてあげたいのだ。

そんな風に悩んでいると、ある一つの考えが私の中に芽生えた。

これはいける。間違いない。

そんな根拠のない自信が私の中を駆け巡っていた。

「お菓子を作りましょう！」

そうして口にした言葉がこれである。

親子でやれそうなこととしてぱっと思いついたわけだ。

料理もしたことがないくせにお菓子を作る。私は生まれてこのかた、自発的にホットケーキすら焼いたことがない女であるが、それでも過去、小学生だった頃に理科か家庭科の授業で簡単なお菓子ぐらいは作ったことがあるのだ。

かつては、こんな授業なんのためになるのかと思っていたけど、今ここでそれが最大の価値を発揮しようとしている。

そして私は貴族の妻。お金もある！　つまり、砂糖だって用意できるのだ！

「私に任せなさい。お菓子を作りましょう。頭の運動をしたあとは甘いものが必要なのよ」

まず一つ。砂糖を溶かして固めるだけの飴《あめ》。

べっこう飴と呼ばれるタイプの飴だ。

というわけでさっそく、厨房《ちゅうぼう》へと赴く。

「あら、奥様。それにアザリー様も」

マッケンジー家の厨房を取り仕切るのは、男性のシェフではなくベルナルド夫人だ。

恰幅《かっぷく》の良《い》いこの人は、メイド長のような立場にある。何なら屋敷の家事全般を取り仕切っており、工場の奥様たちも彼女には頭が上がらない。

一時期は、工場の人たちを怪訝《けげん》な目で見ていたけど、長く生活すれば慣れるというものだ。

そんな経験が生きたのか、ラウの状態を見ても『あぁ、珍しい子が増えた』という程度で収まっている。よくも悪くもさばさばしていて、気にならなくなったらそれまでという人だ。

「珍しいことで。何かご入り用ですか？」

「ええ、お砂糖とフライパン、あと適当な型が欲しいのだけど」

「飴でもお作りになるのですか？」

私が準備する物を伝えると、夫人は即座にそう答えた。

「え、えぇ。アザリーにと思って」

「あぁ……わかりました」

夫人はどうやら私の意図を理解してくれたようで、ほんの少しだけ苦笑いを浮かべていたけど、手早く準備をしてくれた。

タイミングもよかったのか、今の時間帯、厨房は落ち着いている。とはいえ、あまりもたもたしていると仕込みなどで忙しくなるだろうから、私はさっそく飴作りに取り掛かった。

そして……。

「飴、ですね」

ラウはにこにことしていた。

なぜだかものすごく気を遣われているのが伝わる。

「そうね、飴ね」

うん。結論から言うと、べっこう飴は出来た。

まぁなんというか、溶かした砂糖の味。

しかもちょっと焦げた。

「……ベルナルド夫人！　卵ってあります⁉」

砂糖を溶かして固めただけの飴に対して反応が返ってこないことぐらいわかっていた。飴細工ができるわけでもないし、小学校でやるような理科の実験の真似事なのだからその程度でもいい！

私にはまだ最終兵器がある。

それが、プリンだ。

これは家庭科の授業で一度だけ作る機会があった。その時の記憶を思い出し、手繰り寄せながら作っていく。一番の難所は卵の殻を割ることだ。私が割ると必ず殻の欠片《かけら》が混入する。あのガリッとした食感は本当に避けたいところだ。

「あの、母上」

「大丈夫。大丈夫よ。うん……ちょっと待っていなさい」

案の定、殻が入ったので、それを掬《すく》いながら、そんなこんなでなんとかプリンらしきものは作ることはできたのだが……。

「うん。味は、いいわね？」

「はい、おいしいです、母上」

我ながらいい形で出来上がったと思う。なのだが、なんと言うべきか……口当たりが悪い。

やはりというかラウは明らかにこちらに気を遣っている。

そんな私たちを見かねたのか、夫人がひょっこりと顔を出して、出来上がったプリンを見て、

「すが、入っていますね」

バッサリと指摘される。

作っている時はそんなことを考えもしなかったがプリンの表面や内側に小さな穴が開いている。

そのせいでつるりとした食感ではないというわけだ。

味はまぁまぁ。でも、妙に舌に残る奇妙な感覚のせいでなんとも言えない。

これがいわゆる「すが入る」という状態らしく、温度や泡のせいなのだとか。

「り、理屈は製鉄と似てるのに……」

製鉄だって温度や不純物の管理は重要となってくる。なのに料理になるととたんにこれだ。

などと私が肩を落としていると、ラウがほんの少しだけ苦笑いを浮かべて、

「母上のお気持ちは十分に伝わりました。ここはアザリーにお任せください」

「え？」

「私が作ります。教えます」

とものすごく純粋な笑顔を向けられた。

「まずは、レシピを調べましょう？」

「はい……」

あれ、立場が逆転してない？

＊＊＊

とまぁ、私が母親としてのあり方に苦労する日々の間にも領内では大きな動きもあった。

アルバートは約束を守ってくれたようで、どっと押し寄せるというほどじゃないけど、マッケンジーの領地にはダウ・ルーから多くの人間が入ってくるようになった。

職を求める者、商売をしたい者、自分の腕を試したい者。それらは経済を活性化してくれる。

だが成り行きだけに任せては意味がない。私はそんな外部の者たちの活動を奨励した。腕が良ければ雇うし、店を出す援助もする。

仮にマッケンジーが嫌なのであれば、よその領地に出向いても良い。とにかくやれるだけのことはやり、結果を出すこと。それに見合った報酬も出す。

そこに魔法も非魔法も関係ない。魔法で、何か素晴らしいものを生み出せるのであれば、それはそれで才能であり重用するべき技術だ。

人気が出れば領民も金を出すだろうし、それは経済効果を生む。娯楽もそこから派生するし、自分もやってみたいという文化の広がりも生む。

料理だってそうだ。よくも悪くも酒場が多かった領内には外国の食品を売る店も出てきたし、それを扱った店も出てくる。これに負けじと元からあった飲食店も一層奮起する。

おじいちゃんたちがやってるパブもそこは抜かりがないようだ。わざわざ私の下にやってきて食材の都合をしてくれと強《したた》かなお願いもしてくる。

そして何より大きいのは知識層の流入だ。技術にしろ思想にしろ、文化もそうだが、新しいものが入ってくることに意味がある。

「やぁやぁ今日も盛況だったよ、マヘリア」

「いすず、です。ケイン先生」

そういうわけで、ケイン先生が熱狂していた。

体調が回復したらしいケイン先生は、私たちがいない間も色々と蒸気機関のことを進めていたらしく、こちらの動きを知ると何をどうやったのかは不明だけど、妙にはつらつとして領地に戻ってきた。

マッケンジー領の迎賓館は一時的にそういった人たちが集まるサロンとして開放しており、ケイン先生はほぼそこに入り浸っている。彼もまた天才ゆえに、彼の話を聞きに多くの学者たちも通いだすし、これもまたうまい具合にはまったと言うべきだろうか。

そういった動きが進み、三週間も経《た》てば、領内も新しい色に染まる準備ができていく。

「いやはや、やはり外国の知識を取り入れることで新しいイマジネイションが生まれるものだ。王都のアカデミーは駄目だ。くだらないことの繰り返しで進歩がないからね」

今日も今日とて、サロン帰りのケイン先生。

また倒れるんじゃないかしらと不安にもなるけど、日に日に顔色がよくなってるのは心底楽しいからなのだろうか。曰《いわ》く、最近は学者たちとサウナで語り合うのが日課になったとか、ちょっとおじさん臭い趣味まで生まれたらしいのだけど。

一応、お客様という扱いで、ケイン先生は屋敷にいる。用意された紅茶を一気に飲み干した先生は、山のような書類の束を取り出していた。

「さて、色々と報告したいことがあるのだけど、やはり、ザガートのことは全くわからない。というより、不気味なほどに、何事もなかったように処理されている」

「そうですか……このことは、グレース王妃には？」

「知らせていない。不安にさせるわけにもいかないしね……体に何かあったら危険だ」

「どうして？」

「あぁ、これは君になら言っても構わないだろう」

ケイン先生は少しだけ考えるそぶりをみせてから、

「彼女、妊娠しているよ」

「え！」

それは、驚きというか、おめでたいというか。

「あ、だから……新婚旅行に行けなかった？」

なんか、さらりと新しい情報が流れてきて、私、パンクしそう。

「まぁ、まだ一部の者しか知らないけどね。そんなわけだから、母体に何かあっては大変だろう？」

うん、それはそうだ。あの子は、他にも抱えているわけだしね。

それにしても、妊娠か……もしかして、あのパーティの時には既に？

私がぼんやりとそんなことを考えている間に、ケイン先生は次なる話題に移っていた。

「さて、本題だけど。君の考える蒸気機関についてだ」

むしろそれが早く言いたかったのか、先生は明らかに表情がニマニマとしている。

「なんと、試作品第二号が完成しそうなんだよ！　あぁ、ダウ・ルーから来た者の中には、僕と同じ考えを持っている人たちが結構いたんだ。彼らを巻き込んで他の者たちとも色々と話し込んでいたら鎧《よろい》技師や船舶技師などの鉄の扱いに長《た》けた者もやってきてね！　とはいえ、第二号もまだまだ巨大だ。でもエネルギー伝導率は格段に上がっている！　あとは安全性を確保するために構造を考えていくだけなんだが、ここからが面白くてね……」

鼻の穴を大きく開くかの如《ごと》く、ケイン先生は雄弁だった。

凄《すご》いテンションだ……いや、というより、思ってたより早いのだけど。

「も、もうですか？」

さすがにあと数年はかかるつもりだったし。

嬉しい誤算なのは間違いないけど、これも聖翔石の力なのかしら。

あの石は、まだ消えていない。

「サルバトーレが大陸最強という傲《おご》りはそろそろ捨てるべきだろうね。大陸の外の者たちは簡易的なものなら、蒸気を用いた機械を組み立てる知識もある。外国の文明は侮れないね。僕たちもうかうかしていては置いていかれる」

「むしろそういった人たちを率先してこちらに引き込みたいのです。先生からもそこらへんはお願いしたいところですね？」

「それに関しては問題ないだろう。君が結果を出すことを奨励し、報酬を与えていることが響いている。学者は貧乏人が多いからね。スポンサーが金を出してくれると言えばそっちになびく」

この世界は魔法があるとはいえまだ中世レベルだ。妙な部分では発展している技術もあるけど、本質的にはまだ技術的には拙い。新しい何かを始めさせるにはむしろちょうどいいというわけだ。

「さて……次の話だけど。アザリー……いやラウ様についてだ」

「何かわかりましたか？」

一応、ケイン先生にはラウのことは話してある。

「ううん。僕は心理学的なカウンセリングは専門外だし、知り合いに聞いても返ってくる答えは同じだったよ。精神的なトラウマに関しては時間が解決するかもしれない。でもこれは断言できるものじゃないという話だ」

やっぱり、そういう答えしか返ってこないわけね。

なんとなくわかっていたことだけど。

「それ以外の方法は危険が伴う恐れがある。ショック療法というものは存在する。魔法で、精神を操作するように、無理やり意識を引きずりだすという方法もある。だけどそれは心を攻撃することと同じだ。それは推奨できない」

「もちろんです。そんなことをするつもりはありません。少なくともラウには」

「最後の一言が怖いけど。まぁ良い。ただもう一つわかったことがある。彼は確かに、記憶障害によって心というか人格が変化しているが、本質的には、彼は『ラウ』という個人だと思う。というのも彼、相当優秀だよ」

実は、ケイン先生にはラウの家庭教師を頼んでいたのだ。ラウは明らかに高等教育を受けている。ならばケイン先生の授業で何か良い反応が生まれるのではないかと思ったからだ。

「少なくとも同年代の子よりは勉強ができる。計算も早いしね。当然だけど、ナイフとフォークの使い方も知っているし、違和感なく使える。多分だけど、何かを思い出そうとすると、そこにフィルターが挟まるのだろうね。怯える仕草が多いのはトラウマによる刺激もあるだろうけど、それだけじゃない。恐らく、それが一連の動作なんだよ。怯える、一旦頭の中で整理する、そして『アザリー』という人格を出力する」

「ややこしいですね？」

「うん。ややこしい。それにどうやら都合よく、頭の中で整合性を取っているようにも見える。だって、彼……家族を失っているのだろう？　君の話だと、兄姉も……だというのにここではその亡くなった兄姉についての言及がない。親族が死んでいることを理解しているのだと思う。だけど、それを口に出すと今自分が演じている人格との齟齬《そご》が生まれる。無意識下でそれを抑えているのだろうね」

なんとも頭の痛くなる話だわ。

同時にそれは、ラウという本来の人格が、見た目の年齢にそぐわないほどに優秀であり、本質的には大人びているという証拠かもしれない。

もっと言えば、本当は責任感の強い子なのかも。

「さっきも言ったけど、僕も専門家じゃないし、うまく説明できない。なんというかな、無理やり演じようとしている。だけど、それはわざとではないし、記憶が混濁しているのも事実だろう。それに、彼はまだ幼い。そんな子が、心が砕けるほどの恐怖を覚えたことがある。それだけでも悲しいことだよ」

ケイン先生は書類をまとめ、カバンにしまうと、そのまま立ち上がった。

「あぁそれと。君に頼まれていた、捕虜たちの診断書だけど。知り合いに無理を言ってなんとか手に入れることができたよ」

「結果はどうでした？」

「感染症ではない。これは変わらない。薬物による感覚の麻痺《まひ》もあって、体中に激痛が走っているはずなのに、動き回れる。ただ、これはどう考えても薬物のせいだけじゃない。僕たちも知らないメカニズムの魔法が影響を与えていると見て間違いないね。それは精神を操るものだ」

「それ以上の手がかりはなし、ということですか」

「いや、それがそうでもない」

「え？」

「今回の人員の流動で普通では聞けない話も耳にするようになった。確証のあるものではないけど、ほら最近、海賊が活発だという話だろう？」

「ええ、アルバートが頭を抱えていました」

「僕も色々と話を聞いてみたのだが、ちょっと不可解なことがわかったんだ。確かに、海賊の活動は活発だ。商船が襲われているのも事実だ。だけど、連中は略奪が目的ではないらしい。ダウ・ルーの軍がやってきたら蜘蛛《くも》の子を散らすように逃げるとのことだ」

「ですが、海賊というのはそういうものでは？　大船団を組んでいるというわけでもなければ海軍と真正面からやりあえる戦力を持っているとも思えませんし」

とはいえ、この世界は元はゲームだ。そういうファンタジーな大船団を組んだ海賊がいるかもしれないけど。

「うん。ここだけ見るとそうなんだ。でも、略奪がメインじゃなきゃ、何を目的にダウ・ルーにちょっかいをかけるんだい？　積み荷を奪わなきゃ、彼らの儲《もう》けがない。僕はね、いすず。彼らの動きが、何か意図のあるものだと感じている」

「意図と言いますと？」

「ダウ・ルーの目を逸《そ》らす、とかかな。推測でしかないけど」

「密貿易？」

海の覇者の目を逸らすとすれば目的はそういう類いだと思う。

「可能性はある。でも、そうなるとまた『なぜ』が出てくるんだ。なんのために海賊が密貿易をするのか。儲けのため、それはあるだろう。じゃあ何をどこから仕入れているのか。益がなきゃ彼らも動かない。海賊は馬鹿じゃない。海で生きていく上で、必要な駆け引きを知っているはずだ。つまり、その密貿易は彼らにとって、利益をもたらすものだということだ。そう例えば……麻薬の密売、とかね」

ケイン先生の考えを聞いて、私はハッとした。

「まさか……ハイカルンが戦争をできた理由？」

麻薬の密貿易による利益。

いや、突拍子のない妄想になる。でも、現実に彼の国の兵士は麻薬に侵されている。

ハイカルンでは麻薬を製造している？

「山を挟んだ向こう側にだって海はある。それを考えれば、あっちが海上交易をしていることだってあり得るさ。同じ大陸にありながら、あちらを見ていなかった。考えてみればあっちだって同じような文明があって、同じような技術を持っているのは当然なんだ。国交が断絶して、数百年の空白の間に僕たちは足元を確認する大切さを忘れていたのさ。山の向こうは亜人たちの国、開拓されていない不毛の土地だと」

そこまで言って先生は二杯目の紅茶で喉を潤す。

「まぁ……さっきも言った通り、推測でしかないけどね。だが事実としてハイカルンは戦争を仕掛けてきた。兵士たちは気がかりだが、それをできるだけの土台があったということさ」

「思ったよりも、この戦争は根深いということか……」

しかし、先生の言う通り、今出た情報は全て憶測の域を出ない。

情報が出てきたようで、揃《そろ》ってない、なんとも違和感のある状態ね。

「頭の痛い問題だけど、他にも色々と考えなくちゃいけないのよね……ラウが持っているペンダントの中身が何なのか。それがわかれば良いのだけど」

あのペンダントには何かが入っている。それは亡くなったネリーの最後の言葉でもわかる通りだ。恐らく、あれの中にはハイカルンで何が起きたのかを説明する重要なヒントがあるに違いない。

といっても、それがわかったところで、状況は良くならないだろう。

戦争が止まるわけでもない。むしろ、力ずくでもいいから早急に決着をつけるべきと私は思ってしまうだろう。

「何か、心当たりでもあるのかい？」

「えぇ、ありすぎて困ってしまうぐらいです。ですがそれだけです。何も変わらない。残酷な真実の、答えがちょっと変わるだけ。ただまぁ、どっちにしろ私はそれを許さないというだけの話です」

「そうか……」

会話が一区切りついた頃あいだった。

ドアがゆっくりと、小さく開く。ひょっこりと顔を出したのはラウだ。こっちに来てから、彼の顔色はすっかりと良くなった。もとより中性的な顔立ちも相まってか、本当に女の子のように見えてしまうほどだ。

「母上……もうよろしいですか？」

不安げな瞳を向けるラウ。

「いいわよ。いらっしゃい」

「やった……あ、先生」

ラウはケイン先生の姿を捉えると、ささっと私の背後に隠れてしまった。

「ごきげんよう、先生」

「うん。ごきげんよう。僕の授業はどうかな、わからないところとかあるかい？　ちょっと難しい宿題も出した気がするけど、解けなくても良いからね」

「終わりました。全部」

その時のラウは妙に即答だった。

「そ、そうかい。それじゃ明日、採点するよ」

ケイン先生は苦笑いを浮かべていた。

「あぁ、そうだ。もう一つ大切なことを」

そう言うケイン先生は、ちらりとラウを見た。それは彼には聞かせたくないことなのだろうと私もわかった。

「アザリー、母は先生と少しお話しすることができました。すぐに戻ります」

「え……」

その一瞬、ラウは絶望的な表情を浮かべていた。

私はそんな彼を抱きしめて、背中を撫でてやる。

「三十秒、数えられますね？」

「はい……」

時間を指定してから、私は足早にケイン先生の下に駆け寄る。

先生もそう長い話をするつもりはないらしい。手短に話してくれた。

「いすず、彼が君のそばを離れないのも恐らくはトラウマに起因している可能性が高い。自分は母から離れてはいけないという強迫観念のようなものを感じる。それだけ、それじゃ」

先生は今度こそ、会釈をしつつ部屋を後にした。

ラウはそんなケイン先生を目で追いかけつつ、しかし、私の近くからは離れない。

どうやら私がそばにいると、他人に近づかないらしい。これは屋敷の者に対してもそうだし、ものは試しと工場の面々にも引き合わせてみたのだけど、変わらなかった。

かといってそれを無理やり矯正させるわけにもいかない。時間をかけてゆっくりと。

もし戻らなかったら……まぁ、それはその時考えるべきことね。

「さぁ、いいわよアザリー」

「二十八秒です」

「えらいわ。さて、どうしましょう?」

さて、この後どうしようかなと考えている時だ。

「母上」

何やら神妙な面持ちでラウが私を見上げていた。

「うん?　なに?」

「母上は、父上を愛しておられますか？」

「えぇっ⁉」

唐突すぎる質問だ！

「父上はどこかに行ってしまいました。帰ってきません。でも、母上はいろんな男の人と会っています。どうしてですか」

純粋な質問だ。

もしかして、今までずっとそれを言おうと思っていたのだろうか。

「父上は、お仕事です。必要なことをしています。私たちを守るため、危険な仕事に就いているのです。そして母はそんな父上を信じて待っているのです。そ、それに、母があ、あぁ、愛しているのは父上だけです。それは本当です」

「ですが、父上は母上やアザリーから離れてしまった……捨てられたのではと」

「いいえ、あなたの父上は私たちを守るためにあえて離れているのです。信じなさい」

「守る……僕はあなたを守れますか」

「え？」

その一瞬に出た言葉は『アザリー』のものではなかったと思う。

声色も、声を発した時の表情も、佇《たたず》まいも。

「アザリー……？」

「なんですか母上？」

しかし、それは一瞬のことだった。

そこにいるのは『アザリー』だった。

ケイン先生の言っていたことを反芻《はんすう》する。この子は、もう半ば目覚めている。あとはそのフィルターをどう外せばいいいか。

しかし、外したところで、彼が幸せになるかは、私にはわからない。

「ううんなんでもないわ。さぁ今日もお菓子を作りましょうか！　何がいいかしら、外国から珍しいフルーツも届いていることだし」

「はい、またアザリーが教えればいいのですね！」

「う、そうね……うん。お願い」

お菓子作りを始めてから、ラウは元からそういうのが好きだったのか、基本となるケーキにしろ、パイにしろ、色々と作ってくれるし、見たこともないようなお菓子も作ってくれた。

それじゃあってことでその手のレシピ本を買い与えると、彼はもうのめり込むように読んで、さらに知識を付けた。

このあたり、ケイン先生の言う通りなんだろう。それにお菓子を作っている時の彼は、幸せそうだった。

厨房に行くと、ラウも比較的、ここのスタッフには慣れているようだ。おどおどとした態度は変わらないが、自分から話しかけることもできる。

「夫人さん、夫人さん。お米、ありますか？」

中でも、ベルナルド夫人とは仲良くなったようで、私の次ぐらいには懐いている。

夫人もそれは悪い気がしないようだ。

「ええ、珍しいものということで仕入れてもらったのですが、あまりおいしくなかったですよ」

ラウの所望するお米は、私が元いた世界、日本の主食であるジャポニカ米ではなく、海外でよく見る細長いタイプのものだ。

「お砂糖と、シナモンと……ピーナッツも……」

お菓子作りになると、彼は意外と欲張りになる。

「うちはお菓子屋じゃないんですけどね」

そうは言うが、ベルナルド夫人の声は否定的ではない。なんせ、ラウのお菓子の一番のファンは彼女だ。試食係として付き合っている手前、結局は私の次に接するのが彼女なのである。

一度、『太ってしまいますよ、全く』と言っていたが、まんざらでもない顔をしていた。

そうして始まる、ラウのお菓子作り。彼はとにかく私に色々と教えたいらしい。もしくはどうやっても私がそばから離れないようにしたいのか、一緒に作ろうとせがんでくる。

私も私で楽しいので、それに付き合い、ここ最近はお菓子尽くしな気がしている。

「今日は何を作るのかしら?」

「ライスプディングというものがあるみたいです」

そして今日もあまり耳にしないお菓子を作ってくれた。

間違いなく、それは、幸せな時間なのだなと思う。

こんな穏やかな時間を作るためにも、私は矛盾した行動をしなければいけない。

もうそろそろ、山岳地帯の雪が解け、和平に向けた動きも活発になる。

戦いの日はもうすぐそこにまで迫っているのである。

「あぁ、奥様、こちらにおられましたか。探しましたぞ」

ふと、厨房に執事長のディーベッグがやってくる。

「おや、おいしそうなものが」

「ライスプディングというものらしいわ。あとでいただきましょう。それで、どうしたの？」

すると、ディーベッグは少し困惑した顔を作った。

「お客様です」

客人ならそう珍しい話でもないはずだ。さっきのケイン先生だって実際そうなのだし。

「どうしたの？」

「はぁそれが……騎士団長様なのです。ゲヒルト・ネシェル様が、お見えです」

＊＊＊

「倅《せがれ》から話には聞いている。マッケンジーの若夫婦は優秀であると。あいつが他人を褒めることは珍しいことです」

客間に案内されたゲヒルトは、漆黒のベストを身に纏《まと》い、たった数人の部下を伴ってきた。

名目は単なる挨拶ということらしいのだけど、なぜだろうか。とてつもない違和感というか悪い予感がするのは。

それに、義理とはいえ、息子の消息がわかっていないというのに、そのことを話しに来たわけでもなさそうだし。

「それはありがたいことです。ザガート様には、こちらも大変お世話になっていますので。我々の鉄を買っていただくだけでなく、ストーブの他色々と商品も」

しかし、そんな考えは顔に出さないようにしつつ、私は紅茶を用意しながら応対する。

カップを二つ並べ、ゲヒルトを見据える。

「有効活用させていただいている。老骨にサルバトーレの冬の寒さはこたえるのでね。ところで、領主のアベル殿と、ゴドワン殿の姿は見られないようですが？」

「夫は今、大切な取引で、領地を留守にしています。ゴドワン様は、去年頃からお体が優れませんので、私が今現在は屋敷を取り仕切っています」

「それは大変でしょう。しかし、働き者だ。結婚されていなかったら、ザガートの妻にでもと思うほどだ」

「ご冗談を」

なに、このじめっとした感触。パーティで初めて会った時とは何か雰囲気が違う。

それにザガートはまだ行方不明。そんな冗談を言えるような状況ではないはずだ。本気で言っているのだとすれば、趣味が悪い。

「ははは！　そうだな、冗談はこれぐらいにしておこうか」

刹那。好々爺《こうこうや》のような声音と表情をそのままに、まるで蛇に睨《にら》まれたかのような寒気が客間を包み込んだ。

「マッケンジー夫人、しばらく大人しくしていてくれ。何、戦争が終わるまでだ。命は取らん」

「一体、何をおっしゃっていますのかわかりませんわ？」

突然の態度の急変。流石《さすが》に私だってそれが異常なことぐらいわかる。

「隠すことはない。いるのだろう。ラウ王子が」

「なんのことです」

なぜ、この人がそのことを知っている。

養子を取った。その程度のことだ。貴族が養子を取るのは珍しい話ではない。

「養子を取ったそうだな。どこの娘だ。マッケンジーの親類に、その歳の女児はおらん。先月、遠い親戚の者が赤子を産んだ記録は届いている。それだけだな。あとは皆十《とお》を超えた者しかいない」

しかもマッケンジー家の周辺まで調べている。

これはなんというかまさしく蛇のような執念深さと陰湿さを感じる。

あのザガートの育ての親だけはある。

「当然、親類以外からの養子の可能性もある。しかし、娘一人を預けるだけの理由がない。腹芸はよせ、調べはついている。命までは取らぬと言っただろう？」

ゲヒルトはパンパンと両手を叩《たた》く。

すると、客間の扉が開かれ、そこには武装した騎士と、捕らえられたラウの姿。他にも数名の使用人たちの姿、抵抗した際に傷を負ったのか、額から血を流すグレージェフたち男衆の姿もあった。

「母上！」

ラウの悲鳴が木霊《こだま》する。

「離してください！　母上、母上！」

なおも暴れるラウ。そんな彼を騎士たちは無理やり押さえ込んでいた。

「ちょっと、子供よ！」

立ち上がり、制止しようとするも、どこに潜んでいたのか、私の両サイドには二人の騎士がいつの間にか迫っており、いとも簡単に私も取り押さえられた。

一応抵抗をするように紅茶のカップやポットを放り投げてみたが全く意味をなさず、温かな紅茶が床にぶちまけられる。

「くっ……」

全くもってわけがわからない。一体何が起きているというの！

「母か。随分と懐かれているようで」

「これは……どういうことです」

これはさすがに焦る。いつの間にみんなを捕らえたのか。

「ゴドワン様はどうしたのですか」

ラウは『おじい様にも食べてもらいたいのです』と言って、ゴドワンの部屋にライスプディングを届けに行ったはずだ。そんな彼がここにいる。

「安心しろ。殺していない。事を荒立てるつもりはない」

「偉そうに……どの口がそんなことを言うのかしら！」

だがゲヒルトはこっちの文句を無視して、言葉を続けた。

「しかし、驚きましたな。ラウ王子がいるのもそうだが……」

ゲヒルトはおもむろに私の顎を摑《つか》み、顔を上向かせる。

「なるほど、よく見れば確かに。肌を焼き、髪型も変えられ、顔を隠す。それだけでも印象はがらりと変わる。だが大胆なことを成されましたな、マヘリア嬢」

その名で呼ばれた瞬間。流石に私も表情を強張《こわば》らせた。

ザガートが父親に教えた？　いや、それはない。

もしかして、この男。最初からずっと気が付いていたのでは？

騎士団長を務めるほどの男だ、変装を見破るぐらいわけないとでも言うのかしら。

「ご両親の死は既にご存じでしょう。ゆさぶりをかけてみたが大した反応がなかったので、少し疑いもしたが、やはり直接確認する方がいい。巫女殿《みこどの》の言う通りであったな。ことは全て、あの者の予言通りだ」

「巫女……？」

その言葉を聞いて、私はぞわぞわと背筋に悪寒が走る。

「あなた、まさか……国を裏切ったのはあなたなの！」

巫女。それは亡くなる直前にネリーが口にした言葉。ハイカルンを腐らせたと彼女は言っていた。それ以降は掴みどころもなく、存在がぼやけていたけど、ここにきて再びその存在感を出してきた。

それも、予想外の人物から。

「裏切りではない。私はこの国を救うために動いている。事実、貴様の親父《おやじ》の不正を暴けたのは巫女殿のおかげだ。ガーフィールド国王があの平民の女と結ばれることも、子をなすことも、予言された。子は男とのことだ。喜ばしい限りではないか。そして貴様の製鉄業の価値にいち早く気が付き、騎士団で抱えるように言ったのも巫女殿。必ず大きくなると仰せられていた。そして何より、此度《こたび》の戦争を予言された。ハイカルンが攻めてくると！　そしてその通りになった！　ならば次は何が起きるか！　大陸全土を巻き込んだ戦争である！　山の向こう側を我らは知らなすぎた！　ならば警戒するべきだ！　この国の膿《うみ》を全て取り除き、来るべき大陸戦争に備える！　それでは今の王では無理だ！　誰かが戦いを導かねばならんのだ！」

な、何なのこいつ……言ってることが意味不明なんだけど。

質《たち》の悪いカルト宗教にもでハマっているんじゃないでしょうね。

「あぁ、それと。巫女殿は、ぜひともお前と会いたいとおっしゃっている。この大陸の、未来のためにな」

「冗談。そんな胡散臭《うさんくさ》い奴と会うわけないでしょ。こんなことをされて！　第一、あんたは国を裏切ってるじゃない！」

ゲヒルトは私の嫌味を受けても肩をすくめるだけだ。

「話にならんな。仕方あるまいか。諸君らには戦争が終わるまでの間、大人しくしてもらう。その間、ラウ王子の身柄は我々が預かる」

「さっきから一体何を言って……」

「くだらん問答は終わりということだ。ラウ王子はもらう。戦争が終われば解放する。養子でもなんでも好きにすると良い。だがそれまではその者には存在してもらうと少々面倒でな。死んだことになってもらいたいのだよ」

「ですから、なぜと……」

「そうか。私は、命は取らんと言ったが、それ以外の約束はしておらん」

「は？」

「首根っこを摑んでても連れてこいとは言われているが、傷をつけるなとは言われておらんのでな」

刹那。私を取り押さえていた騎士がなんの躊躇《ちゅうちょ》もなく、私の右手の小指を折った。

「がっ……」

体中に電流が走ったような痛みが駆け巡る。視界が点滅したような錯覚。ぶわっとにじみ出る脂汗。それでも悲鳴をあげなかったのは、あまりの衝撃のせいなのか、それとも。

「奥様！」

「貴様ら！」

グレージェフたちがそれを見て激高するも、簡単に組み伏せられてしまう。魔法を使っているのか、巨漢のはずのグレージェフは足腰に力が入らなくなり、膝から崩れ落ちる。

他の人たちも抵抗を見せるが、なんの意味もなかった。

「母上！」

ラウの痛々しい絶叫が響く。

「アザリー、大人しくしていなさい！」

「い、嫌です！　アザリーは、アザリーはもう、皆を失いたくありません！」

その声と同時に、ラウの二回り以上大きいはずの騎士が何かに引っ張られるようにして弾《はじ》かれる。それが単なる魔力の放出であることは私でもわかる。魔法のように形にするのではなく、ただエネルギーとして吐き出す。

だけどそれは、意味もなく大声で叫び、休みなく走り回るようなものだ。

弾かれたのは一瞬。だが、騎士もプロである。であるのならば、対応は素早い。

彼らもまた魔法を使う。杖《つえ》にもなる剣の一振りで、ラウは簡単に光の環《わ》で拘束された。

「お前たち、お前たち！」

次第に、彼の声に変化が訪れる。

「我が名はラウ・バンガ・ハイカルン！　貴様らの目的は、僕だろう！」

それは、彼が完全に記憶を取り戻したことを意味する。

今にもゲヒルトに嚙《か》みつかんとする表情を浮かべるラウ。

「その人は関係ない！　今すぐに解放しっ――」

刹那、ゲヒルトは腕の一振りで杖を振るった。いつの間に手にしていたのかもわからない。

その魔法が何であるのかはわからないが、小さな光がラウの額に照射されたように見えた。

同時に、先ほどまで大声をあげていたラウは目を見開いたまま、ピタリと動かなくなる。

「あんたたち！　その子に何を！」

重く、そして鋭い痛みのせいで、無意識のうちに涙が出てくるけど、そんなこと関係ない。こいつらがラウに危害を加えた、その怒りが私に痛みに耐える力をくれた。それでも、情けないことに何もできないでいる。

「殺してなどいない。少し、意識を閉ざしてもらっただけだ。催眠だよ。じき眠りにつく」

「だからなんだっていうの。子供に攻撃をしておいて、それでも騎士だというの！」

「国を守るためならば子供であっても斬る。それが騎士の仕事だよ。たとえ、我が子であってもな」

その言葉を聞いた瞬間、私はハッとした。

ザガートは何者かに襲われたとコスタは言っていた。

それは、ラウたちを保護したことを報告したその時だと。

まさか……。

「あなた、まさか……！　自分の子供を襲わせたというの！　ザガートを！」

「運が悪かったということだ。優秀な奴であったが、これも天命というものだ」

どこまでが本気なのかわからない口調に私のフラストレーションは積もり積もっていく。

そもそも、なぜこの人たちはラウの身柄にこだわるのだ。これではまるで、和平を失敗させたいみたいじゃないか。

「あいつは今の王に友情を感じているからな。さて……ラウ王子はこちらで預かる。約束通り殺しはしない。ハイカルンが滅びれば、この小僧も王子ではなくなる」

ゲヒルトは淡々と声を発しながらラウの下へと歩み寄っていく。

「うん？」

途中、彼は足元に転がった何かを手にする。それは先ほどのラウの魔力放出の際に吹き飛んだ、三日月のペンダントだった。

しかし、それは今、蓋が空いていた。まるでコンパクトミラーのような形で、その中には青い鉱石の欠片が入っていたようだ。

その欠片は、床にぶちまけられた紅茶の中に沈んでいた。

「聖翔石か？」

ゲヒルトはそれをなんの疑いもなく手に取った。

その時、私はネリーが死に際に言った言葉を思い出す。

『希望は、あの中に』。それは、聖翔石のことだったのだろう。

だが、何かが違う。私にはわかる。あれは、聖翔石ではない。

「む？」

ゲヒルトが怪訝な顔を浮かべる。次の瞬間、その石はまるで氷砂糖のように溶けて、小さくなって、つるりと彼の手から離れた。

それを見て私は確信した。

そして……笑った。

「ふ、ふふ……ははは！」

突然のことに、私を取り押さえる騎士が気味悪がり、私の頭を押さえる。

ゲヒルトも同様の目で私を見た。

グレージェフたちも、不思議そうに私を見ている。

「気でもふれたか」

「いいえ、私は至って正常よ。ただ、あなたって意外と知らないものが多い人だったのね」

「それは挑発かね」

「いいえ。事実の指摘よ。だって、それ、毒よ」

私が見つめる先。青い鉱石はさらに小さくなっている。

「綺麗《きれい》な石に見えるでしょう？　青く輝く宝石。ええ、確かに聖翔石に見える人もいるかもしれないわ。事実それは、見た目は美しく、時として観賞用に使われることもあった。別名、銅鉱山の花。銅を産出する山に多く発生する青く輝く鉱石」

一つ、謎が解明した。ハイカルンの兵士たち、そしてネリー王女の症状。それは銅の過剰摂取でよくみられるものだ。

その石は、美しい見た目とは裏腹に危険な鉱石である。なにせ、この石は簡単に水に溶ける。その水は銅を過剰に含んだものとなる。

人間も金属を多少なりとも必要とする。銅も例に漏れない。だけど、過剰に摂取すればそれは毒になる。

「バカな人。ごらんの通りそれは水に溶ける。ここまで言ってもわからない？　あなた、それを素手で触ったのよ？　それがどういうことかわからないのかしら」

「その脅しは通用せんぞ。触れただけで毒に侵される？　毒を持つ植物であればそうであろうな」

そうは言いつつも、ゲヒルトはベストで手を拭いていた。

「嘘《うそ》じゃないわよ。私は、山を切り崩す女。山のことはあなたたちより知っている。そこにある石がどう危険なのかもね」

当然、ブラフである。青い石。『たんばん』とも『カルカンサイト』とも呼ばれるその石は、触った程度では害はない。きちんと処理をすればいい。でも水に溶け、危険なのは事実。簡単に生態系を狂わせるのもまた事実。

鉱石は、人に利益だけをもたらすものではない。時に恐ろしい毒性を持って私たちに牙を剝《む》いてくる。

「そうよねグレージェフ。鉱山で働いてきたあなたたちにとって、銅鉱山の採掘ほど恐ろしいものはない、そうよね？」

小指の痛みはもはや鈍痛に代わり、じわじわと全身に伝わる。それこそ体中に毒を撃ち込まれたような気分だった。

奥歯を嚙みしめながら、私はなんとか立ち直りつつあるグレージェフにそう問うた。

「そ、その通りだ。銅の山は、簡単に俺たちを殺す。雨の日に、銅を掘るな。それがいつか鉄則になった。銅の山は、毒が多いって有名なんだ。あんたらは、そんなことも知らずに、俺たちに山を掘れと言ってきたんだよ、騎士様」

グレージェフも最大級の嫌味を言ってやったという顔だ。

さすがのゲヒルトも多少は顔をしかめる。

「まぁいい。初期であれば、魔法で浄化すればいいだけのことだ。それに、これで何が変わる？私を殺す速効性の毒であればよかったな。その時は諸君らの立場も危うくなっただろうがなっ！」

突如、ゲヒルトは剣を振るい、あらぬ方向に数発の魔力弾を撃ち込む。

「ぎゃっ！」

しゃがれた老人の悲鳴が三つ重なる。

ゲヒルトはそれだけではなく、自身の背後に腕を伸ばし、何もないはずの虚空で何かを摑み、押さえ込むような動作を見せた。

「いたた！」

その瞬間、何もなかったはずの空間に色が生まれ、人の形を成していく。現れたのは花瓶を手にしたケイン先生とサミュエル、ヨシュア、オレーマンのおじいちゃんたちだった。

先生はいつもの服装のまま、おじいちゃんたちは三人ともが鉄の鍋をまるで兜《かぶと》のようにかぶって、手にした麵棒を武器にするつもりだったらしいが、一瞬にして昏倒《こんとう》させられ、二人は目を回していた。

「す、すまん……奥様。けったいな連中が屋敷に向かっていくのが見えたもんだから……」

最後まで意識を保っていたサミュエルだけど、言い終えたとたんに他の二人と同じように目を回して気絶した。

「見事な透明化の魔法ですな教授。それも複数人を同時にですか。しかし、息遣いはごまかせんよ」

「せ、先生！　おじいちゃんたち……！」

「う、うぅ……忘れ物を取りに来たら、彼らが連行されているのが見えたから……三人と協力して助けようと思ったけど、やっぱり僕には無理だぁ……」

簡単に右の腕を押さえ込まれた先生。手にしていた花瓶が床に落ち、割れると水が飛び散る。

水は二人にかかったようで、衣類が少し濡《ぬ》れていた。

「でもこれで、あなたは僕から離れることはできないですね」

だが状況はまだ続いていた。情けない声で泣いていたはずの先生は、しかし、にやりと眼鏡を光らせる。

「なにっ！」

何かに気が付いたゲヒルトは咄嗟《とっさ》にケイン先生を突き飛ばそうとしたが、それは不可能だった。

なぜなら、二人の体にはいつの間にか氷がまるで拘束具のように絡みついていたからだ。それは彼らに飛び散った水を媒介として出現している。それだけではなく、足元も氷で縫い付けられていた。

ゲヒルトを助けようと、配下の騎士たちが動き出す。

だが、それは突如として出現した【鉄のヘビ】によって阻まれた。

「これは……！」

「錬金術！」

騎士の誰かがそう叫ぶと同時に私も気が付いた。

おじいちゃんたちがかぶっていた鉄鍋がいつの間にか消えていた。

いや、違う、鍋はそこにいる。ヘビに姿を変えてそこにいるのだ！

「錬金術師の前に……ただの鉄を身に纏ってやってくるのは愚行であるぞ、騎士団長殿」

カツン、カツンと杖をつきながら姿を見せたのはゴドワンだった。

しかし、その姿は無事とも言いがたい。頬には切り傷もあるし、肩で息をしている。

「貴様……！」

身動きの取れないゲヒルトはゴドワンを睨みつけるが、それにはなんの脅威もない。

そのことを理解しているのか、ゴドワンはにやりと笑みを浮かべる。

「貴殿の部下が使っている武器も鎧も、元はといえば我らが卸したものだ。締め上げるのは簡単であったぞ？」

そう言いながら、ゴドワンは指を鳴らす。すると騎士たちにまとわりついていた鉄のヘビたちを媒介にして、騎士たちの鎧や剣が侵食され、持ち主を締め付けていく。

「やれやれ……わしは病人だ。あとの面倒はお前が見ろ」

ゴドワンが軽くせき込むと、それが合図となったようにあちこちの窓が割れる。

頭上から降りてきた小汚い格好の男たち。白い肌を持った長耳の者や子供のような小柄の体格に老人のようなしわくちゃの顔をした者。それだけではなく羽の生えた掌《てのひら》サイズの妖精までもがそこにはいて、騎士たちに奇襲を仕掛け、取り押さえる。

それだけではない。

「ごはっ！」

私を押さえつけていた騎士の一人にこぶし大の石が真上から落下した。何もないところから石が降るはずがない。

土の魔法だ。

私はその魔法に、見覚えがある。

そう、これは。

「アベル……？」

私が名前を呼ぶと同時に頭上から、怒気に歪《ゆが》んだ表情を浮かべたアベルが現れる。

「何やってくれてんだぁ、テメェはよぉ！」

己の拳に、魔法で土を固めて作った籠手《こて》をはめたアベルが、もう片方……私の小指を折った方の騎士の顔面を殴打する。一瞬の出来事であり、騎士はその一撃で意識を失っただろう。

だが、アベルは殴るのをやめない。何度も、何度も、その騎士の顔を殴りつけていた。

もはや顔面が変形するほどにまで痛めつけられた騎士を蹴り飛ばしたアベルは、今度は慌てて私を抱きかかえてくれた。

「いすず！　無事か！　待ってろ、すぐに骨なんて治してやる！　炭鉱じゃこんな怪我《けが》しょっちゅうだったんだ。すぐに治してやるからな！」

アベルは私を強く、強く抱きしめたあと、折れた指を優しく包み込むように両手で覆った。一瞬だけ、激痛は走ったのだけど、すぐに痛みは引いた。それでも、動かそうとするとまだ痛む。

「まだくっついてない。骨折の治癒は何度も重ねないといけないんだ」

「そ、そんなことより、戻ってきたの⁉」

「あぁ！　ザガートの奴を見つけてな！　今回の裏にゲヒルトが絡んでいることを知って、使えるもん全部使って戻ってきた！」

「ザガート……？　生きてたの？」

「当たり前だ」

私の呟《つぶや》きに答えるように、いつもの口調のザガートの声が聞こえた。

カツカツと床をわざと鳴らすように現れたザガート。彼は、普段通りの態度を崩していなかったが、ひどい怪我もあり、鎧も無残な姿になっていた。折れたレイピアは、しかし、魔法の杖としての機能は失われていないようで、先ほどケイン先生ごとゲヒルトを拘束した氷は、やはりザガートのものだった。

「ザガート……！」

ゲヒルトは凄《すさ》まじい形相でザガートを睨みつけていた。

「いやはや、見損ないましたよ父上。このような暴挙に出るとは」

ザガートはマントから、折れたレイピアの先端を左手に握りしめ、その切っ先をゲヒルトの喉元に近づけた。

「言え。なぜ貴様の手勢がラウ王子を襲う。何が目的だ」

「言わねばわからぬか？　死んでくれた方が楽だからな。どのみち、ハイカルンは潰れる。最初から、あの国は負ける戦争をしていたのだよ。だがその時、王家の人間が一人でも残っていては、後処理が面倒ではないか。何が起きるともわからん。そんな手間のかかるものを放置できるものか。それにハイカルンには豊富な資源がある。それは今後、必要となる。大陸統一のためにな」

「何言ってんだジジイ。意味不明だ。第一、あんたは和平賛成派だったはずだろうが」

アベルは今すぐにでもゲヒルトの顔を殴りたそうにしているが、それを抑え私の治療に専念していた。それでも暴言をやめるつもりはないらしい。

「いいえ、さっきの言葉で大方の予想は付いたわ」

グレースの予知。ガーフィールド国王の死。大臣たちの怪しい動き。ゲヒルトの証言。そして何より、グレースの妊娠だ。それらが私の中で、ぴたりと当てはまり、一つの答えを導き出した。

「ガーフィールド国王に死んでもらうことで、王位は生まれてくる子供に継承される。だけど幼い王は誰かが補佐する必要がある。その地位に就ければ国政を担うも同然。そのためには現国王はハイカルンによって命を奪われたことにすれば、国は大義名分を得ることができる。戦争を続け、敵国を焼くことに意味を見出《みいだ》せる」

つまり摂政の地位を得るための策謀。

最初の戦争が起きたタイミングもよかった。戦時に発言力を持つのは間違いなく軍部だ。国王の弔い合戦といえばそれだけで求心力は得られる。そうなれば必ず、ゲヒルトがその地位に就くことになるだろう。

「現在の国王が仮に死んでも、前国王がいる。だけど、あの方は体調を崩されているし、政《まつりごと》をおこなうのは不可能……」

「ほぅ、そこまで理解しているか」

「でもね、わからないことが一つだけある。ガーフィールド国王は愚かではないはずよ。底抜けにお人好《よ》しで、人が好すぎるところが欠点。まぁあとはろくに顔を覚えていてくれないところも」

「そこだよ」

ゲヒルトは、にぃっと意地の悪い笑みを浮かべた。

「あの若き王はな」

「黙れ！」

ザガートはかっと目を見開き、レイピアの先端を突き刺そうと振りかぶっていた。

「やめなさいザガート！」

私は大声で、それを制する。

「私たちには知る権利がある！」

「うっ！」

その一声で、ザガートは腕を振り下ろすのをやめる。

それを見て、ゲヒルトはさらに笑う。

「あはは！　そうさ、隠し通せるものではない。多くの者が違和感を覚えつつある。そうだ、あの若き王は、人の顔を覚えられぬ。いいや、全ての者が同じ顔に見える呪いにかかっているといえばいいか。男も女も関係ない。人の顔を見分けられぬ王に、国を任せることなど恐ろしい……」

「それはご丁寧にどうも！」

なんだか長々とご高説を垂れているゲヒルトに、とうとう私の苛立《いらだ》ちがマックスになってしまったようだった。

私はほぼ無意識のうちにゲヒルトに近寄って、その頬を思いっきりぶった。

「ふー……」

たっぷりと三秒。場は凍り付いたことだろう。誰一人として声を発することはなかった。

皆唖然《あぜん》と私を見ているだろう。

対する私はすっきりとしていた。

「んー、色々と感じていた違和感とか胸のつかえが取れた気分だわ。とても清々《すがすが》しい気分。歌でも歌いたい気分だわ」

私は思い切り体を伸ばしてから、再びゲヒルトの顔を覗《のぞ》き込む。

「あのね、国王陛下への叛意《はんい》がバレた時点で首を斬られて当然の行為なの、おわかり？　そして今の状況もおわかり？　突き出せばそれで終了、さようなら、来世でまた会いましょうなの、いいかしら、生殺与奪は誰が握っているか、わかってる？　ん？」

「小娘が」

「その小娘にぶたれてんのよ、おじいちゃん。正直、あなたが何を考えてるかなんてどーでもいいのよ。ただ一つ確かなのは、あなたは私にとって邪魔者だということ。でも、ここであなたたちを王に突き出してもそれはちょっともったいない。あなた、何か色々と知ってるようだし、むしろこっちが利用させてもらうわ。その方がいいんでしょう？　お国のためだものね？　安心して、あなたの言葉に一つだけ共感することがあったの。ええ、私もこの国には強くなってもらいたいわ。そのために色々していくの。だから、協力。してくれるわね？」

形勢逆転といったところかしら。

私は顔をしかめるゲヒルトをあざ笑うかのように見据えた。

「だって私とあなたの目的って、根っこは同じだものね？」

うぅん。なんだか凄くすっきりする。

「サルバトーレを強い国にする。それが目的なのでしょう？」

あぁ、逆転劇って最高だわ。まだ小指が痛いけど、それも気にならないぐらいに清々しい気分。

「いい？　あんたに残されてる道は二つ。このまま私たちに協力するか。反逆者として突き出されるか。私としては、騎士団の長が謀反を企てていたなんていう大事件で国を揺るがしたくないから、大人しく私に従うことをお勧めするわね。あんたの命に、石炭一つ分の価値も、私は見出していないわ」

「小娘が！　小娘如きが！　貴様のことなど、巫女殿は全てお見通しだ！　なぜそれを理解しない！　あのお方は私の全てを見抜いてくださった！」

余裕がなくなった……と言うにはいささか何かがおかしい。

ゲヒルトは錯乱しながら叫びだす。それは先ほどまでの冷徹な老騎士の姿ではない。

何なの、この急変は。

「貴様、まさか！」

ザガートが血相を変えて、ゲヒルトを押さえる。

「クソ親父！　貴様、麻薬に手を出しているのか！」

「抜かせ！　この私が、そんなものにおぼれるわけがなかろうが！　ザガート！　スラムのガキを拾ってやった恩を忘れたか！」

ザガートの返答は、無言の拳だった。

「錯乱した敵兵たちと同じ症状だ。麻薬の効果が切れたといったところだな。だが、まさか……」

ゲヒルトをノックアウトしたザガートであったが、さすがにショックだったらしく膝をついて、うつむく。

「……俺は王都に戻る。時間が惜しい。この男がこうなっている以上、王宮内も怪しい。和平派の連中の裏を取る」

ザガートは有無を言わさない勢いだった。

「ちょっと待ちなさいよ。それこそ今動く方が危険なんじゃないの」

「かもしれんな。だが、禁断症状間近の男をここに向かわせている時点で、このクソ親父は切り捨てられている。となれば、裏にいる巫女とやらはもうこの国にはいない可能性がある。だが、証拠の一つや二つはあるはずだ」

珍しいと思った。ザガートは完全に血が頭に上っている。

誰も彼を止めることはできなかった。

＊＊＊

領主の屋敷で大事件が起きたことなど露知らず、マッケンジー領は、賑《にぎ》やかな夜を迎えていた。

冬が過ぎ、春が近づいてくることを夜の風で感じ取り、ほんの少しだけ日が遅く沈むのを見ながら、思い思いの店に出向いていくし、ある者は家族の下へと帰っていくだろう。

捕らえられたゲヒルト一行は自殺防止のために魔法と物理二つの拘束を受けた上で、監視下に置かれている。念には念をといったところだけど、彼らからは反抗する気力のようなものが感じられなかった。麻薬中毒のせいだけではないだろう、色々と観念したと言うべきか。

今回の仕打ちに対して、私としては本当なら首を野ざらしにしてやってもよかったのだけど、さすがにそれをやると後々が面倒くさいのでなし。

ゲヒルトの処遇についてはここまで。

私は掃除がなされた客間で、折れた小指に二度目の治癒魔法をかけられていた。添え板で固定され、魔法のおかげか痛みも和らぎ、聞けば一週間もすれば治るのだという。

ふむ。魔法ってやっぱり便利ね。医療方面は知識がないけど、魔法があればある程度の怪我も病気もなんとかなりそう。

そんなことを考えつつ、なんだかものすごく間近にいるアベルの体温を感じながら、私はえらそうに足を組み、だらしのない格好でこちらを見る一人のエルフと対面していた。

先ほどの乱闘で大暴れした男たちの頭領であるエルフは色白で、赤とも茶色とも取れる色の瞳をしており、童顔、長く無造作に伸ばされた金色の髪が、一層肌の色を際立たせる。

「小僧に嫁が出来たとは聞いていたが、魔女だな貴様は」

見た目に反して太く、唸《うな》るような声。獣のような声と言うべきか。

にしゃりと歪んだ顔で笑う姿はちょっとゾッとする。

「さっき騎士の男に向かって言った言葉。面白かったよ。小僧、良い女を妻にしたな」

「コルン、俺はもう小僧じゃない。領主だ。一人前の大人なんだよ」

「俺からすればヒトなど皆小僧よ。あの騎士の男もな。たかが六十。ガキもガキだ」

エルフは長命らしく、平気で数百年は生きるという。コルンと呼ばれたこのエルフも見た目通りの年齢ではないのだろう。

「貴様たちヒトは、よく争う。ここ何十年は大人しくしていたが、結局はこれだ。女、貴様も山を削る者だな。ハイカルンを毒した者たちと同じだ」

「一緒にしてほしくないわね。少なくとも私は環境には配慮するわ。ましてや、水溶性の鉱石を意図的に使うことなんてしないわよ」

「ふん。では、貴様はこれも理解するか」

コルンは懐から汚れた布切れを取り出し、それをテーブルに無造作に放り投げた。その布には銀がくるまれていたが、話の流れから察するに本物の銀ではないのだろう。

「……偽の銀。毒の銀。輝安鉱……スティブナイトといった方が聞き馴染《なじ》みがあるかしら。なぜあなたがそれを？」

コルンが見せたのは、銀に似た全く別の鉱石。大昔には、その見た目から銀と同一視され、装飾品に使われた歴史を持つが、この鉱石もまた危険なものである。食器として使えば食中毒を起こすほどであり、それが知られていない頃は粉末にして化粧品に使われていたとも言われている。正しい用途に使えば、自動車のバッテリーや合金素材などにもなる有益な鉱石なのだけど、この世界の現時点ではただの毒にしかならない。

「ハイカルンで出回っている。加工品のナイフだ。うちのモンが盗んだ中にあった。それで五人くたばった」

「……あなたたちはハイカルンがどうなったかを知っているの？」

「あぁ。見たからな。あれはもう無理だな。国として成り立っていない。それに、よくわからんものも流行《はや》っている。貴様たちで言うところの、なんだ、宗教か」

コルンは大あくびをしながら、面倒臭そうに答えた。

「どういうこと？」

「知らん。興味はない。知りたければ自分らで調べろ」

どうやら興味の薄いものはとことんどうでも良いと思っているようだ。

しかも彼の口ぶり、そして態度からして嘘は言っていないのだろう。

「そう。それじゃ、話は変わるけど」

「俺たちを雇う。そうだろ。え、小僧。俺たちに頭を下げにきたのは女を守るためだろ？」

「コルン。俺は本気だ。お前たちだって、いつまでも山賊の真似事なぞできるわけでもないだろう。時代は変わりつつある。戦争が始まったのだ。どっち付かずでいては、両方から攻撃されて潰されるかもしれないんだぞ」

「だろうな。だが俺たちを兵隊として使い潰す。それはそれで気に入らんな」

「私は結果を出せばそれに応じた報酬は出すわよ」

「ほう？　それは船でもか？」

船？　意外な要求ね。

「それに見合った結果を出すのであれば。船と言うけど、それはどういう」

「大海原を征《ゆ》く船だ。海賊も悪くはない」

その時のコルンの顔は気だるそうなものとは違い、その童顔も相まってかどこか子供っぽくも見える。

「コルン」

アベルが諫《いさ》めようとするが、コルンは気にせず続けた。

「俺は大真面目だぜ、小僧。俺は、海に出たい。この大陸はつまらん。どこもかしこもやることは同じだ。それに土地を腐らせる連中もいる。奴らは毒の石を撒《ま》いた。そこの女も同類とは思うが、まぁ比較的話はできるようだ」

「ちょっと待って、さっきから気になっていたけど、やっぱりあなた、『敵』が誰なのか、知っているの？」

確か亜人は大陸の東西を分ける山々の中に住んでいて、彼らはその周辺を根城にしている盗賊だったはずだ。

ということは、場合によってはハイカルン側で活動することだってあるかもしれない。

だからアベルは彼らに助力を求めたわけだ。

「誰かは知らん。だがあの地域では奇妙なものが流行りだしていたからな。あれは心を惑わす邪《よこしま》なものだ」

「もうちょっとわかりやすい言葉で教えてほしいのだけど」

私がそう言うと、コルンはまた面倒そうな顔をして、大きく鼻を鳴らした。

「何度も言うが、誰なのかは知らん。だが、そいつは俺と同類だ。己の興味のあるものにはとことん突き進むが、興味のないものはどうなってもいい。だから俺も無視していた。だが気に入らないこともあった。俺は少なくとも国を根絶やしにするつもりはない。何より、麻薬だ。あの嫌な臭いをぷんぷんと発している」

えぇい、回りくどい喋《しゃべ》り方をする。

「教えて。それは重要な情報よ。それこそ、報酬を渡しても良いぐらい」

「おい、いすず。そんな安請け合いを」

「船の一隻で、この国が、いえ大陸が置かれている状況がわかるのであれば安いものじゃない」

「それはそうだが……」

「コルン、教えて。『敵』は、なに？」

コルンは私を指さした。

「貴様にも似ている」

「どういうことよ」

「貴様に近い。そいつは十何年も前から、あの土地を侵食していた。医者の真似事もしていた。だが実際はアヘンだのを使って愚かな者どもを食い物にしていた。その時点で、俺は関わりを避けた。アヘンは嫌いだ」

「そんな昔から活動していたの？」

国一つを潰すとしたら、確かにたった数年でできるものじゃない。

それに戦争を煽《あお》るためにも影響力というものは必要となるし、巫女と崇《あが》められるほどの宗教を作るとなれば確かに最低でも十年程度の時間は必要となるわけか……一体、私たちが敵対している存在は何なの。余計に摑めなくなってきた。

「何か新しい事を成す。そして国を動かす。それに関しては貴様と似ている。だが、違うところもある。少なくとも貴様はまだ国を潰しておらん。そのうちにするだろうがな」

コルンは低く唸るような笑い声をあげた。

「抽象的すぎる……一体どういうことよ」

コルンの言葉は何か重要なものを指し示しているはずなのに、私の理解力じゃ追いつかない。

でも私に似ているってどういうことかしら。

私と同じような何か現代的な知識を持った相手？　だから、カルカンサイトやスティブナイトを使った？

だとすれば、それは非常に恐ろしく厄介な相手だ。

「コルン、煙《けむ》に巻くような言い方はよせ」

「何度も言わせるな。俺はその敵の顔を知らん。だが、そいつのやりたいことはわかる。好き勝手したいのさ。その結果、周りがどうなろうが知ったことではない。今回の件も、あまりにも行動が稚拙だ。あの騎士、捨てられたと言われていたが、そうだろう。あいつの裏にいる奴はもうこの国に飽きたと見る」

「飽きた？」

「飽きたから、どうしようと、壊そうと構わない。だから国の一つや二つ、簡単に潰せる」

そ、そんな理由で？

全く思考回路が読めないわ。

「さっさと動いた方がいい」

コルンはドンとテーブルに足を乗せて、随分とリラックスした姿勢を取った。

普通、こんなことをやれば首根っこ掴まれて追い出されるところだけど。

「ハイカルンは潰せ。正気を保ってる連中を助けたいのなら、一度、あの国はまっさらにしてやるべきだ。大半は麻薬中毒だからな。死兵になるまで戦うだろうさ。立ち向かってくる者は潰せ。それが慈悲というものだ。あの幼き者、あれも同じことを言うだろうさ」

ラウのことか。記憶を取り戻してしまった少年。今はまだゲヒルトの魔法のせいで眠っているけれど、彼からも詳しい話を聞かなければいけない。

でもその話をするということは、彼の故郷を滅ぼすと告げることと同義。

私とて、やると腹をくくっているとはいえ、当事者にそれを言うのは多少、憚《はばか》られる。

「さて。俺たちはここを離れる」

「お、おい、コルン」

「俺たちがいると騒動になるからな。それでもかまわんというのであれば残ってやってもいいが、そうもいかんだろう。小僧、貴様が以前いた炭鉱が空いてるだろ。そこを寄越せ。ねぐらにする。気になるのなら監視でもなんでもつけるがいい。馬鹿をする奴がいれば殺しても構わん。どうせ、俺たちは寄せ集めだからな。抜ける奴は抜ける」

「そうしましょう、アベル。問題を起こされるよりは、郊外で大人しくするというのならしてもらうべきよ。私としてはまだ教えてほしいこともあるし、今後に向けた話もしたいけど、領民たちはそうですかと納得できるわけじゃないもの」

何を言っても彼らが盗賊であることに変わりはない。

頭領であるコルンの指揮下から離れた狼藉者《ろうぜきもの》が暴れた場合、責任を取るのは招き入れた領主側である私たちだ。責任は取ると言ったけど、問題を起こしてもいいというわけじゃない。

物事を収めるのは時間がかかるというものだ。

「それに、彼のもたらした情報は有益だった。彼が別の問題で捕らえられる危険を少なくした方がいいわ」

「……わかったよ。コルン、本当に面倒を起こせば俺は領主としてお前を討たねばならん。できれば、かつて俺を拾ってくれたお前にはそんなことをしたくない」

「はねっ返りの小僧が情けなく、女のために頭を下げたのだ。それを裏切るのは俺としても好ましいものではない。その程度の約束は守ってやるさ」

「それならばあの山を一時的に貸し与える。金は取らん」

その答えを聞いたコルンは再びにしゃりと顔を崩すような笑みを浮かべた。

なんとも奇妙な男だ。義理堅いのは確かなんだろうけど。

さて、それをどうしたものかと思いたいけど、今はそれを考えるのは後回しだ。

コルンたちはその日のうちに、領内から離れていった。寄せ集めとは言うものの、彼らは統率が取れているように見える。

コルンたち一党のたいまつの火が遠くなるのを確認すると、どっと疲れが押し寄せてきた。

ふと背中にアベルの胸板の感覚があった。心地よい。私はそのまま、寄りかかるようにして体を預けた。

「……お帰り」

「あ、あぁ。ただいま。その、指は」

「そっちの気《け》……いやあ、ちょっとは痛かったかもしれないけど……」


「まだ痛いけど、大丈夫」

「すまん。もっと早く帰ってくれば」

「それは言わないこと。あの時は仕方なかったし、私もちょっと甘く見ていたから。この指は、その戒めとして覚えておく。もう痛いのは嫌だもの。それに、もう離れるつもりはないでしょ」

「……あぁ」

春が近づいてこようとしても、夜の風は冷たい時がある。今夜はそんな日のようだ。

アベルの温かさを感じながら、私は今回のことでわかった様々な情報を整理していた。本当に厄介なことばかりで、何をどうしていいのかさっぱりわからないし、不安というか不穏な何かも感じる。

だけど、やるしかないのよね。

そのためにはもっと革新的な技術の発展を急がせる必要があるのかも。

とはいえ、そういった技術のほとんどが数年、数十年と時間を費やさないと実現しないものだ。

私はそれを一足先に、完成させることができるのだろうか。

だけど蒸気機関の試作機第二号は完成しようとしている。

果たしてこれは良い兆しなのだろうか。

それとも、聖翔石の奇跡がもたらしている結果？

暗中模索とはまさにこのことだ。敵の全容が見えないことへの不安が強い。

だからこそ、サルバトーレには一枚岩になってほしいし、もっと強気になってもらいたいところがある。

だって、この国が消えたら私のやりたいことができなくなるじゃない。また一から始めるのはごめんこうむるわ。

やっと、楽しくなってきたというのに。

第五章　私の夢、私の理想

自分がいつ眠りについたのか記憶が定かではないけれど、目が覚めた時間が昼に近いというのは感覚でわかった。自室のベッドで目が覚めると妙に体の節々が痛い。激しい運動をしたわけじゃないのに筋肉痛だ。そして小指のかすかな痛み。

目は覚めたが上半身を起こす気にはなれなくて、しばらくはぼんやりと天井を眺めていた。それとなしに、視線を廊下につながる扉の方に向けると、同時にそれがゆっくりと開いた。

姿を見せたのは長い髪を後ろで結んだ少年だった。はて、そんな子がここにいたのだろうかと思った矢先、彼の瞳の色を見て私は、その少年がラウであることに気が付いた。

彼は、もうドレスを身につけておらず、若干サイズの合っていないベストを着ており、私と目が合うと小さく「あ……」と声を漏らして立ち止まった。

その手にはパンとスープを載せたトレーがあった。

「お、おはようございます。その……えと」

「おはよう、ラウ。今は、そう呼んだ方がいいのでしょう？」

「……はい、おはようございます。母上」

「母？」

私はてっきり、名前で呼ばれるものだと思っていた。

なぜならそれが本来あるべき関係だったからだ。彼は敵国の王子であり、記憶障害によって幼児退行を起こしていたから、その保護のために養子という形を取っていたに過ぎない。

だけどもう彼は、元に戻っていると見ていいだろう。となれば、その関係は終わったようなものだ。

「養子であることに変わりはありません。僕にはもう帰るべき国などありませんから。それに、この数ヵ月の記憶は、残っています」

ラウはわずかに下を向いていた。幼児退行の記憶も残っているとなれば、確かにそれは少年からすれば恥ずかしいのかもしれない。

「ご迷惑をおかけしました。ですが、この通り、記憶は戻りました。僕は、ラウ・バンガ・ハイカルン。もはやこの名前に意味などありませんが、立場というものは弁《わきま》えています。サルバトーレに突き出すのであれば、おっしゃる通りにいたします」

ラウはそう言いながら、トレーをベッド横の小さなテーブルに置いて、自身は私と向かい合うように椅子に座った。

「突き出す？」

「僕は敵国の人間です。戦争を起こした責任があります。コルカットを焼いているのも事実ですから」

「それは、あなたの責任ではないはずよ。あなたのような子供一人で戦争が起こせるほど、国ってのは小さくない。ハイカルンでよくないことが起きているのは理解している。でも、詳細がわからないの。何もわからないまま、子供に罰を与えるのは大人の仕事じゃないわ」

「王家が国をまとめることができなかった。それだけで十分な理由だと思います」

「真面目なのね。でも、責任を取るというのなら命を投げ出すのは古い考えよ。もう一度言うわ。何があったの。私が聞いた限りでは、ハイカルンが鉱石の毒に侵されていたことと、巫女《みこ》とかいう奴《やつ》が興した奇妙な宗教が流行《はや》ったということ。兵士たちは趣味の悪い魔法と麻薬で無理やり戦わされているということぐらい。そして、ハイカルンの王家は、あなた以外全員殺されていること」

それを指摘すると、ラウはさらに表情を落ち込ませた。

いじわるをしているようで気が引けるが、これは大切なことだ。

彼は当事者なのだ。

「概《おお》ねその通りです。ハイカルンは、いえ、それを含めた周辺地域は三年ほど前から毒に侵されていきました。初めは緩やかだったと思います」

ラウは重たい口をなんとかこじ開けるような声音だった。

「気が付けば川や池の生物は死滅し、農作物の育ちも悪い。それまではそのようなことはありませんでした」

それを聞いて、私の嫌な予感がまた一つ的中していたことを確信する。

私はラウの言葉を遮る形で質問した。

「ちょっといいかしら。あなたが持っていたペンダント。その中に入っていた青い石。あれがなんであるかは知っているの？」

「……姉上からは聖翔石《せいしょうせき》の欠片《かけら》だと。それがあれば、奇跡を起こし、国を救えると」

「そう……じゃあ質問を変えるわ。聖翔石の欠片は、三年前から流行したのではなくて？」

「……」

ラウは沈黙した。

「聖翔石の奇跡は、石が消える時に願いが叶《かな》うとされている。そして、あなたたちも、あの石が消えていくのを見たのね。カルカンサイトを。仮にあれを池に撒《ま》けば、池の中の生物は全滅するわ。それほどまでに恐ろしいものなのよ」

「あれが、偽物だったなんて、知らなかった。では、人々の間で妙な病が流行りだしたのも」

「恐らく、それが原因でしょうね。そいつは意図的にカルカンサイトを使った」

「いくら薬を処方しても、魔法で癒やしても、何度も何度も病にかかってしまうのは、それが原因だったと？」

「でしょうね」

考えれば考えるほど、恐ろしいことだ。

鉱石であるかどうかは関係なく、毒物を放り込めばどうなるかぐらいわかるはずでしょうに。

これを計画した奴には人の心がないとしか思えない。

「その頃からです。僕たちの地域で、ある教えが流行りました。巫女にお告げがあり、救いの手を差し伸べると。彼女は、あの溶ける石や銀をくれました。銀は毒を見つけると言われ、ナイフやフォークに加工したり、装飾品や……化粧品に」

「スティブナイト……」

ここでも鉱石だ。

銀は毒物に反応して黒ずむ。だから現代でも食器に銀が使われるのはそれが理由だと聞いたことがある。主に反応する毒物はヒ素だ。これはヒ素が無味無臭であり、かつては暗殺によく使われたからという話を聞いたことがある。その感覚は、この世界でもあるようだ。

オカルト的な話にもなるけど銀は聖なるものだとして、魔除《まよ》けにも使われるぐらいには信仰されている。

そんな銀に似たスティブナイトを利用する。間違いない。敵は、私と同じような知識がある。

「もともと、ハイカルンには風土病もありました。歳《とし》を取ると、胸を悪くします。巫女は昔から、風土病の根絶のため、紅の賢者の石を原料とした薬も安く売ってくれていました」

それを聞いて、私は頭痛と眩暈《めまい》が同時に襲ってくるような感覚に陥った。

「なんて馬鹿なことを……」

そう思わず口にしてしまうほどだ。

間違いない。その薬は、水銀だ。賢者の石も、恐らくは水銀の原料である辰砂《しんしゃ》だろう。

辰砂はかつて賢者の石と呼ばれたこともあるものだし、古代中国においては秘薬として用いられてきた歴史がある。有名所で言えば秦《しん》の始皇帝《しこうてい》だろうか。

Chalcanthite
Stibnite

しかも厄介なことに水銀は今でこそ猛毒だとわかっているけど、かつては薬として信じられてきた。なんでも治る奇跡の薬。時代が進んでも頭痛薬や便秘薬に使われた。十九世頃までは本当に使っていたらしいと聞く。

彼らが無知だった。そう言うのは簡単だろうけど、私はどうにもこれらの行動には意思を感じる。こうなることがわかっていて、そうしているとしか思えない。

「……でも、なぜあなたは無事なの？」

「風土病の関係で、王家の男子は成人を迎えるまでは国を離れて暮らすことが多いのです。僕は、四男でしたので、一番最後まで国から離れて暮らしていました」

言葉は悪いけど、予備も予備ってわけか。

それが結果的に命を救ったというのは皮肉と言うべきかしら。

そして、巫女は知識に乏しいハイカルンを丸め込み、まんまと手中に収めたというわけ。

「姉上だけは、危険だと何度も訴えていたようです。ですが、病に苦しむ国民を救うべく、父上も母上も姉上の言うことには耳を傾けることはなかった。兵士たちの間でアヘンが出回っていたらしいとは聞いています。恐らく、それを止めることもできなかったのだと思います」

ここまでやられて、トドメが麻薬だというのだから徹底して国を破壊しようとしている。

「それに、姉上は元から体が弱く、いつしか同じような病を患い、確信したのでしょう。だから藁《わら》にも縋《すが》る思いで、聖翔石の欠片を……偽物だと知っていたかどうかはわかりませんが」

そこまで言って、ラウは自分の体を締め付けるように、両腕を交差させた。

体が震え、表情のこわばりもひどくなる。トラウマを刺激されているのだろう。

「もういいわ。ありがとう。ごめんなさいね、辛《つら》いことを思い出させてしまったわ」

私はようやくベッドから降りると、震えるラウを抱きしめてあげた。

「もう大丈夫よ。ここにはあなたを傷つける者はいない。あなたを苦しめる者はいない」

ラウが感じた絶望は一体どれほどのものだったのだろうか。私がどれだけ思いを馳《は》せても、それを真に理解するには、同じ目に遭わなければいけないだろう。

「母上……いえ、あえて、今はいすず殿と呼ばせていただきます」

肩を震わせていたラウは、しかし私から少し離れて、立ち上がり再び向き合う。

その目は涙を浮かべていたけど、その歳の少年には似つかわしくない強い意志を感じさせる光が宿っていた。

「ハイカルンを……お助けください。もはや、あの国は、かつての姿はありません。バカげたお告げを信じる者どもの巣窟。彼奴《きゃっ》らを滅ぼさねば、その毒はいずれ他国に撒き散らされることになるでしょう。ですから、お願いいたします……ハイカルンを……滅ぼしてください」

腹の底から絞り出されたであろう悲痛な願い。

もとより、私はこの戦争でハイカルンを徹底的に潰すつもりだったのは事実だ。まだ彼らの状況を知らず、単なる敵と認識していた時もそうだった。

それが一転して、ハイカルンもまた大いなる悪意に晒《さら》された犠牲者であり、統治者の一族である少年が涙ながらに故郷を攻め滅ぼせと願い出ている。

この奇妙な光景を私は忘れることはないだろう。

「いいえ、違うわ」

だから、ちょっとした、自分なりの勝手を口にする。

　都合の良《い》い性格をしていると自分でも思う。

「再生させるのよ。あなたの手で。そのための破壊はします。建て前はどうあれ、私はこれから国王陛下にそれを直訴します。ハイカルンを攻める。戦う力を奪う。しかし、それは戦いを望まない多くのハイカルンの民を救うためです。矛盾ではあるけれど」

　そうだ。これから私たちはもっと大きな戦争を始めなければいけない。その準備をしなければいけない。

「それに、供養をしなければいけないでしょう。あなたの話を聞いていると、ハイカルンはきちんと死者を弔っていないように思える。生き残ったあなたが果たすべき責任はそれよ。死んで償うなんて時代遅れなことはおやめなさい」

　それに、打算だってある。ハイカルンは身をもって危険な物質の影響を受けた。言葉は悪いが彼の国は悪い見本になってしまったのだ。

　これは逆に『危険物質の恐ろしさ』を伝える広告塔になり得るということだ。誤った知識による被害を防ぐ手立てにもなる。

「簡単な道を選んで逃げてはいけない。困難を選びなさい。あなたが偶然生き残ったのならその偶然を活《い》かしなさい。それとも、ただやられるのを黙って過ごすのか。それは死ぬよりも情けないことだと思うわ。一回でも良い、一発でも良い。やられたらやり返すのよ。それが人間、生きているというものよ」

よくもそんな言葉が出せるものだなと自分でも驚く。

だけど私は止まることをやめているし、ただひたすらに突き進む以外にできない。

「生きていること……僕が、生き残ってしまった理由」

ラウは、まだ納得がいっていないのだろう。それはそうだ。彼にしてみれば突き放されたようなものだからだ。

それでも反論をしないのは、彼の中にまだ立ち上がろうとする気力があるからだ。

それは復讐《ふくしゅう》の炎と言っても良いだろう。正しい感情だと思う。理不尽に抗《あらが》うためには執念がいる。

「少し……考えさせてください」

ラウはそう言いながら、袖で涙をぬぐった。

「良い顔よ。とはいえ、あなたの復讐を手伝ってあげたいのはやまやまだけど、件《くだん》の黒幕とやらはいまだに霞《かすみ》がかっているし、巫女ってだけじゃあねぇ……何か明確な情報の一つでもあればいいのだけど……」

敵は巫女。人を人とも思わない外道。それがわかったところで、それは相手を構成する要素に過ぎない。せめて顔や髪色などの特徴がわかれば調べようもあるのだけど、こっちは一切そういう手がかりがないわけだし。

「あの……名前と顔なら知っています」

「あ……そうか」

今まで記憶喪失だったというイメージが強かったからうっかり忘れていた。

そうじゃないか。ラウは犠牲になった国の王子。であるなら、件の巫女のことを今この国にいる誰よりも知っている。

「顔に関しては、僕は絵が苦手ですので、特徴だけになりますが黒髪の女。ハイカルンでは珍しいものです、忘れるものではありません。名前はエイプリル……エイプリル・シャワーズ、それが果たして本名なのかはわかりませんが、あの女はそう呼ばれて――」

「エイプリル？　あ、そういえば……」

確か、ラウの姉も、いまわの際にその名前を出していた。

あの時は状況が状況だったせいかその言葉の意味を深く考えることはなかった。

「エイプリルって……四月？」

そう、この世界ではさておき、元いた世界ならそれは四月を意味する単語。

そして私は、同じような意味を持つ言葉をそう遠くない過去に聞いたはずだ。

「メイフラワー……五月の、花」

「ど、どうかしましたか？」

「エイプリル・シャワーズ……四月の雨、五月の花……」

それは、この世界では意味のない音の羅列でも、元いた世界であれば一つの意味を成す。

四月と五月という意味。

私は思わず立ち上がった。

同時にそれまでの情報がまるで一本の線になるようにつながっていく。

ドウレブの下にいたあの従者はメイフラワーと名乗った。顔を隠してはいたが垣間《かいま》見《み》える髪の色は黒かった。

ここまでなら偶然と言っても良い。根拠にするには乏しい。

だけど、私の中ではもはや確信だった。

「ラウ！　悪いけど、付いてきてもらうわよ！　アベル、アベル！　いるんでしょう！」

私が叫びだすと、アベルが慌てたように姿を見せる。

「なんだ、どうした！」

入ってくるなり、私はアベルに詰め寄った。

「すぐに王都に行くわよ！　ザガートを追って！　コルンたちも連れていく！」

「お、おい、何だいきなり。理由をだな」

「急いで！　逃げられる！」

「お、おう……」

アベルはぽかんとしていたが、すぐさま動いてくれた。

「私の予想が正しければ……いいえ、これほどまでに外れてほしいと思ったことはないわ」

私の中でふつふつと生まれる疑念。

それを認めることが私にはできなかった。

でも、そう考えればつじつまが合う部分も多かった。

何より、ゲヒルトのあの言葉。

巫女の予言で様々なことがわかったというあの言葉。

巫女は、この国にいる。そんな当たり前のことになぜ今まで気が付いていなかったのだ。

それに、前国王の体調不良。その薬を処方しているのは……ドウレブ！

そしてドウレブはゲヒルトと同じ、表向きは和平推進派だ。

「急いで！　手遅れになる前に！　それと準備をして！　工場を最大稼働！　ケイン先生も叩《たた》き起こして！　あの人の発明品、未完成でも使わせてもらうわ！」

＊＊＊

その日のうちに。私は領内の走れる馬を総動員させてザガートの後を追った。いまだに解けきれてない雪やぬかるんだ地面、凍えるような寒さだろうが構わない。怪我《けが》や疲労も無視して、とにかく全力で王都を目指す。休んでいる暇もなかった。

ザガートが寄越していたケルピーたちがここでも活躍してくれた。普通の馬よりも断然体力のある彼らは昼夜を通して走ることができる。

その他の馬たちはその都度、宿場町や交易所で交換をしながら、可哀《かわい》そうだけど使い潰す勢いで走らせた。

結局、私たちがザガートと合流するのに丸二日かかった。

太陽が昇り始めた早朝、王都に到着したと同時だった。

「貴様ら！　何をしにきた！」

正直疲労困憊《ひろうこんぱい》で、私の他にこの場にいるのはアベルとラウ、そしてコルンとその部下数名ぐらいであとの面々はまだ到着すらしていない。

だけどこうも連続してザガートの普段見ることのできない呆気《あっけ》にとられた顔が見られたのはちょっとした儲《もう》けものかもしれない。

「ゲヒルトの家は後回しよ。今すぐドウレブの下に向かって」

「なぜだ……いや、いい。お前たちが唐突なことを言う時は何かある時だ」

さすがは共犯者。話が早い。

「どっちにせよ、奴のことも調べる必要があったからな」

ザガートは既に部下たちを引き連れている。これで不測の事態には備えられるだろう。

ゲヒルトがもう動けないのも都合が良い。変な横やりが入ることもないだろうし。

それにザガートは国でも有名な騎士だ。彼が部隊を率いて馬を走らせれば、それだけで大通りの人々は道をあけるし、誰もそれを止めようとはしない。騎士団の仕事を邪魔することになるからだ。

そうして私たちは、いとも容易《たやす》くドウレブの屋敷《やしき》へとたどり着く。いくらザガートがいるとはいえ不思議と妨害がなかったことは逆に怪しくも思うけど。

それに、奇妙なのはそれだけでもない。ドウレブの屋敷は、シンと静まり返っている。既に逃げられた……というわけでもないようだ。外には明らかに逃亡用の馬などが用意されているが、手綱を引く者もいない。

だが、ただ一人だけ、奉公人だろうか。幼いメイドの少女だけが門の前でおろおろと立っていた。

「おい、お前」

そんな少女にザガートが無表情で近づく。するとメイドは小さく悲鳴をあげて、手に持っていた封筒を恐る恐るザガートに見せる。

「あ、あの……これを……いすずという方に渡してほしいと……申しつけがありまして、その……」

「私？」

ザガートは少女から封筒をひったくるように受け取ると、何やら魔法でトラップを調べているようだった。そして何もないとわかると、顔をこちらに向けることもなく、封筒だけを腕を伸ばして渡してくる。

「女の子を怖がらせないの。全く」

封筒を受け取った私には妙な違和感があった。

手作りの紙を使っているのはわかるのだがその形状だ。まるで現代で使う茶封筒だ。ご丁寧にノリまでついていている。

「バカにしてる」

私は呟《つぶや》きながら、封筒を破り、中身を取り出す。

一枚の手紙。簡素な言葉が書かれていた。

「なんだ、その文字。どこの国だ？」

手紙を覗《のぞ》き込んだアベルが首をかしげる。

「奥に来い、って書いてあるのよ」

私は手紙を握りつぶして、地面に放り投げた。

そして、そのまま屋敷に入る。扉を開けると、むわっとアロマのような香りがした。

「うっ……」

思わず口を押さえた。嘔吐《おうと》こそなかったけど、扉の先には地面に倒れ伏した使用人や恐らくは門番を担当していたであろう兵士がいた。

一瞬、『死んでいる？』と思ったけど、よく見ると息があった。

「眠らされている？」

それがわかると、私は駆け出した。

部屋の構造はわからない。でも階段を上り、とにかく最上階を目指し、その奥の部屋を目指した。後ろで私を制止する声が聞こえたけど、無視した。私は、一刻も早くこのことを確認したかったのだ。

そうしてたどり着いた先。恐らくはドウレブの自室なのだろう、豪華な装飾が施された無駄に大きな扉を見つける。私は躊躇《ためら》いもなく、その扉を開けた。部屋の中は、同じく豪華な調度品で埋め尽くされており、趣味の悪い成金《なりきん》って感じ。その奥、窓の方に一人の女が立っていた。

黒髪の短い髪。だけど身につけている服装を私は見たことがある。ガーフィールドの即位式後のパーティで、ドウレブのそばにいたあの従者の服装だ。

「やっぱりあなただったのね」

私がたどり着いたことに気が付いたのか、女はくるりと振り向いた。

「よっ、お久しぶり。やっと気が付いた？　色々と手がかりは残したつもりなんだけどねぇ」

まるで久方ぶりに再会した友人を迎えるような声音。女は人懐っこい笑みを浮かべていた。

「いやー『いすず』って名前を聞いた時はさ、まさかっ！　って思ったわけだけど。うんうん、なるほどね、やっぱりそうなんだ。いすずちゃん、悪役令嬢に転生して、知識チートって感じ？　やるねぇ、王道じゃん」

女はけらけらと笑い声をあげて、ソファーに座り込むと、用意していたのかワインをグラスに注ぐ。

「飲む？　あ、でもいすずちゃんって下戸だっけ？」

まるで、当たり前のように自室でくつろぐような姿を見せつける。

「考えたくはありませんでした。まさかとも思いました。でも、『聖翔石』の近くにいたのは、私以外ではあなたしかいなかった」

私の返答に女はバシバシと膝を叩いていた。

「そこに気が付くまで随分と遠回りしたみたいじゃん？　遅いよぉ、いすずちゃん」

「……メイコ先輩、なんですね？」

私は、確信を持ってその女の名を呼んだ。

「うん、そうだよ？　え、まさかまだ疑ってたの？　私ちゃんと、『メイ』って名乗ったじゃーん」

女は、メイコ先輩はあっさりと認めた。むしろなんで気が付いていないんだと不思議そうな顔をしている。

その態度が、なぜだかむしょうに腹立たしい。

「メイは五月の花。ホーソンはサンザシ……だから、メイフラワー。そしてエイプリル・シャワーズは四月の雨……」

確か、昔の人の詩集だったかに載っている詩のはず。

そしてこれはこの世界にはない詩。

私がそう答えると彼女はわざとらしく、ぱちぱちと拍手をした。

「いやーそっちはあれかな？　憑依《ひょうい》転生って奴？　私はね、赤ん坊から。なんで十八年生きてる。大変だったわよー？　なんせ生まれた場所がまード田舎。しかも土地も悪いし、民度も低い。魔法に目覚めてなきゃ死んでたって」

「十八年……」

再び赤ん坊から人生をやり直すって一体どんなものなんだろう。私も、肉体が若返ったとはいえ、この世界ではまだ一年ちょっとしか生活していないのに。

先輩は十八年も生きている。完全にこの世界の人間のはずだ。

なのに、何だろう、この違和感。

「先輩。聞かせてください。一体、何をしたんですか？」

「あんたが転生してから大変だったのよ。行方不明扱いだし。私はあんたが消えてから一年後に転生したの。ほら、あんたが見つけたあの石、あれと同じ奴が見つかってね。そりゃ試すでしょ？」

「そうじゃなくて。あなたがいつ転生しようがそんなことは、私にとってはどうでもいい話なんです」

「うん？」

先輩はワインを呷《あお》りながら首を傾《かし》げた。

「この戦争を仕掛けたのは先輩なんですか？」

「え？　違うけど。あぁ、でもある意味では私か」

「答えてください」

「怒んないでよ。まぁほら、私も生きるために必死だったわけ。なんで、ちょーっと雑学を活かしましてね。お金儲《かねもう》けしてたの。そうしたらあれよあれよと私を担ぎ上げちゃってまー大変。今じゃ教祖様だって。巫女か。ま、どっちでもいいけど」

「ハイカルンに毒を流したのもあなたがやったんですか？」

「それを聞いてどうするの？」

先輩は態度を変えることもなく、まっすぐに私を見据えて言った。

「悪の権化たる私を倒してハッピーエンド、大団円。なんて、あんた考えてないでしょ？」

この人は……。

「あぁ、そっか。いすずちゃん、あんまりゲームとか知らないものね。このハイカルンとサルバトーレの戦争はね、公式設定なの。どーせ戦うのよ、この国同士は」

「公式……？」

「そ。『ラピラピ』の続編のね。それで、ハイカルンの生き残りの子孫がねー、次の攻略キャラになるんだよねぇ。なんかさ、先祖の言いつけで女装してるの。いいよねぇ男の娘《おとこ》《こ》って。でも中身は復讐者。うーん、キレッキレな設定。だから私のやったことは何も不思議なことじゃないわ。どうせ起きることよ。ま！　続編の方は私あんまり興味なかったからさ。このまま外伝の方の国に行こうかなーって思ってたのよ。そのためにお金を稼いでー、海賊とも渡りをつけてー、あ、そうそう、外伝だと海賊の攻略キャラがいるのよ」

「まるで他人事《ひとごと》ですね」

「だって他人じゃん。そもそも、この世界ってゲームよ？　そして私らはプレイヤー。正確には転生者だけどさ。ま、似たようなもんよ。あんただって、好き勝手やってるじゃない。この世界の技術体系を根幹から崩してるわよ」

「そうですね。そこは否定しません」

「楽しかったでしょ？　馬鹿な人たちを導くのは」

「まぁそうですね。馬鹿、とまでは思いませんが」

そう。確かに楽しかった。製鉄を、私の知識を活かせる環境が確かに楽しかったのは事実だ。

それに、私は私の目的を果たすためなら多少の犠牲は厭《いと》わない。少なくとも顔も知らない誰かを優先するほどお人好《ひとよ》しじゃない。私の身内や仲間となればその限りではないだけだ。

それでも自分から積極的に害を与えようとは思わない。結果的にそうなることはあるだろうけど。

「だから、私は先輩のことを糾弾するつもりはありません。でも」

「でも？」

「気に入らないから、潰します」

「へぇ、そういう感じ。随分と肝が据わったわねぇ。いや昔からか。あんた、意外と頑固だったもんねぇ」

先輩は顔色一つ変えていない。

「先輩はこの世界に飽きているようですが、なぜです。好きだったんじゃないんですか、このゲーム」

「まぁ推しのキャラもいたけどさぁ。残念ながら続編に出てくる、しかも滅んだ国に生まれるなんて罰ゲームでしょ？　せめて続編の時代に生まれたかったわよ。そりゃ私だって頑張ったわよー？　なんとか国を盛り上げようぜーって。でもまともな土地がありゃしない。そして亜人とも仲悪いし、国の情勢は不安定だし、風土病は流行ってるしともうひどいコンボ。本編舞台の国に殴り込みじゃー！　逃げ込めー！　なんてできないし、むしろ十八年かけてやっとここにいるのよ？　かと思えば本編は終わってるわけじゃない？　グレースちゃんに初恋して脳を焼かれた人たちは今更こっちに振り向かないわよ」

わざとらしく首を鳴らす先輩。

「んで、そうこう遅れてるうちにゲヒルトとかドウレブになんとか接触できてぇ、まぁちょっと八つ当たり半分でマヘリアを叩き落とすために色々と情報流したけど、まさかあの場面で、あんたが逃げるとは思わなくてね。お、こりゃ何か面白いことが起きるぞとわざとあんたを放置させたのよ、ゲヒルトに頼んで」

「その節はどうも。知らないけど」

「そこからの成り上がりは言っとくけど、私は関与してないからね？　まぁゲヒルトに、あの子は買いだよーとは言ったけど、こっちはほら、あのデブがうるさいからさ」

ここで初めて、先輩はげんなりとした顔を浮かべて、顎で部屋の隅を指した。

そこには眠りこけたドウレブがいる。

「そのデブはほんと御しやすかったわー。馬鹿だし。ま、お金だけもらったらあとはそっちに処理させるつもりだったんだけどね。あ、そうそう、マヘリアの両親をかくまっていたのはこいつ。そして殺したのもこいつ。最初から裏切る気だったわけなんだけどね。だからマヘリアを引き取って玩具にしようとしてたのよ。って、あんたは知らないか、ゲームの設定。最後までやってないものね」

「ええ、興味なかったですし、そういうのはごめんだったので。ですから私は自分の意思で逃げて、自分のできることをやってこの立場にいます」

「言うじゃない。ま、何でも良いけど。で、私をどうするの？　できればこのまま逃がしてほしいのだけど。ほら船出ちゃうからさ。私、これから和の国に行く予定なの。外伝はねぇ、江戸時代と

古代中国がミックスした世界なんだよね、今はやりの中華後宮ファンタジーってやつ？　今ってい
つの頃だよって話だけど」

　先輩はちらっと私の方を見た。

「というわけでさ、見逃してくれない？　あぁ、ハイカルン？　多分面倒くさい宗教に染まった子たちがいるけど、大した戦力ないし、さくっと潰しておいて。駄目？」

「……言いましたよね？　あなたが気に入らないって」

「そう……じゃ仕方ないか」

　何か抵抗するかと思ったけど、先輩は両手を上げた。

「はーいこうさーん。あのザガートも来てるんでしょ？　はは！　逃げきれるわけないって。私も命は惜しいし、ここは降参。大人しく捕まりまーす」

　そう、あっけない幕引きで、この事件は終わりを迎える。

　駆け付けたザガートたちは先輩を含め、いまだに眠りに落ちているドウレブらを次々と捕らえていく。

　これで戦争が終わるわけではない。既に暴走をしているハイカルンは、先輩がいようがいまいが関係なく軍を進めるだろう。

　もはや自制の利かない状態であることは明白である。

　裏で操っていたといえば黒幕のように聞こえるが、実際のところは、先輩は煽《あお》るだけ煽って管理などしていなかったのだろう。

だから、ハイカルンの不可解な進軍や、兵士の質が低いのも先輩の無責任が原因だったのかもしれない。

麻薬による汚染もあるのだろうけど、先輩はやったことに対する責任を取るつもりはなかったようだ。

飽きているから。だから興味も失《う》せて、無責任な行動がとれる。

この人にしてみれば、この世界はゲーム。もう一つの現実ではなく、広大な遊び場。

しかし、ある意味では私も先輩と同じだ。私の知識が、技術が、どこまで通用するのかを見てみたいと思ったのは事実だ。

責任を取る覚悟があるなどと言ってはみるが、本質的に私と先輩は同じことをしている。

だから、私は先輩を断罪しようなどとは思わない。そして私のやりたいことを変えるつもりもない。

「先輩、最後に聞かせてください」

「んー？」

騎士たちに両腕を拘束された先輩は、顔色一つ変えることはなかった。

普段通りといった感じの返答をする。

「あなた、幸せだったんですか？」

私の質問に先輩は、人懐っこい笑みを浮かべた。

「そりゃ」

それはもう飛び切りの笑顔だった。

「これから探すんじゃない」

＊＊＊

かつては七つの海を支配し、五大陸の大半を支配下に置いた大英帝国。十九世紀において間違いなくあの国は最強だった。その背景にあるのは容赦のない領土拡大の手腕、そして純粋な軍事力。産業革命において生まれた数々の資本と技術で他国を圧倒していた。

果たしてサルバトーレがそこまでの大帝国を築くことができるかどうかはわからないけど、それをやるぐらいの気概は欲しいところだ。

そういう意味ではゲヒルトの考えそのものは反対ではない。ただ、彼のやり方は私にとって都合が悪かった。それだけの話だ。それに、私は別にそこまでガーフィールド国王を嫌ってはいない。

この世界に転生した当初は『なんだこの男は』と思いもしたが、今となってはどうでも良い。

彼は一人の子の親になろうとしているのだし、過去をいちいち蒸し返す必要もないし、グレースも案外良い子だったので、彼女が悲しむ顔を見たくはない。

そう、言ってしまえば私の好きか嫌いかで行動している。それの何が悪い。

それに大臣たちを処分するのと、国王がいなくなるのと、どちらの混乱が大きいかを考えたら当然、後者だ。大臣たちのほとんどはマヘリアの父と同じく権力を笠《かさ》に私腹を肥やしていた連中ばかりだ。
そろそろ贅肉《ぜいにく》を落とす時が来たというわけだ。
ドウレブは自身が眠りこけている間に全てが終わったとは理解しておらず、何もわからないまま
いつの間にか投獄されており、自分の不正が白日の下に晒されていることに絶叫していた。
また彼の所有する医薬品の中には恐らく先輩がもたらしたであろう麻薬なども発見されていた。
驚くほどあっさり見つかったそれは、不自然なほどに、まるで見つけてくれと言わんばかりの雑な
管理がなされていた。
果たしてそれが先輩がドウレブを切り捨てるためにやった裏工作なのかはわからない。
またドウレブは前国王に薬と騙《だま》して水銀を摂取させていたことも判明した。
水銀はかつて不老不死の霊薬と勘違いされ、時代を経た後も胃腸薬として使用されたという記録
がある。だが水銀は人体に悪影響を与える。先輩がそのことを知らないわけがない。
先輩は賢者の石と称して水銀の元になる辰砂すらもハイカルンで売りさばいていた。彼女なら言
葉巧みにドウレブをも騙して精製させることも可能だったのかもしれない。
ドウレブ自身が愚かだったのもあるだろうけど。あの人に医薬品の知識があるとも思えないし。
とにかく、この事件の後、国内では小さな混乱が起きたけど、若い貴族や騎士たちの手で改革が
おこなわれた。先輩に唆されたドウレブやそれに加担していた貴族はなんと十三家もあった。当然
ながらそれらの当主は捕らえられ、相応の処分がなされた。

『夫を殺そうとした者たちを許すほど、私はもう子供ではありません。国を揺るがす大事件。国家安寧のために、厳しく処罰させます』

そう宣言したのはお腹《なか》が目立つようになってきたグレースだった。

目くるめく恋に燃えていた少女はもう大人になっていた。一人の母親として、そして王の妃《きさき》として、彼女は彼女なりの責務を果たそうとしている。

そうそう。先輩は、彼女に手を出すことはなかったようだ。流石《さすが》に、お腹の中にいる子供までを手にかけるほどの悪辣さはなかったのかもしれない。

とはいえ、それすらも『たまたま』の可能性もある。

だけど、少なくともグレースに健康被害はなかった。

そして、対ハイカルンとの戦争は、ラウの存在を公開したことにより殲滅《せんめつ》戦争ではなく、解放戦争へと移行した。ラウは正式に亡命を発表し、国の現状を訴えた。麻薬と毒によって汚染された故郷。そこに巣くう怪しげな宗教。その開祖である先輩は捕らえられた。

抵抗を続けているのはその信徒たち。そして先輩にたぶらかされた軍部の人間。

一体何を餌にして、先輩が彼らをたきつけたのかは今後の調査で明らかになることだろう。

ハイカルンへの侵攻はその後、スムーズに決定された。圧倒的な戦力をもって敵対勢力を撃滅する。

そのために、我がマッケンジー領からは六機の『蒸気戦車』が提供された。

ケイン先生が発明した蒸気エンジン。それは、小型化もできず、安定性も低いがそれでも大きな物体を動かすだけのパワーがあった。戦車といっても人が乗り込むものというよりは、燃料が切れるまでただひたすらに前に進むだけの単純な代物。大砲だってついていない。

それでも金属の塊が人ならざる力で進軍してくる光景は敵にしてみれば、恐怖だっただろう。単純な質量ほど恐ろしいものはない。

ハイカルンとの戦争は、それらの投入もあったが、何より指導者を失い、身も心もボロボロな者たちにはまともな抵抗はできない。

のちに、ハイカルンへと足を踏み入れたサルバトーレの兵士たちはその様子を『地獄のようだ』と伝え残している。


その後は、ガーフィールド国王の意向もあり、ハイカルンの復興が約束された。だけど、それには長い年月がかかることだろう。残党もそうであるが何より、汚染された国土をもとに戻すことは並大抵のことではない。何より先輩が残した宗教の影響もある。その根絶も考えればやるべきことはまだたくさんある。

ラウはその全てを背負っていくことになるのだ。

それでも、彼は、自分がやるべきことだと理解していた。

もちろん、私たちもそれに協力するつもりだ。

まぁ、利益になるしね？

そこは否定しないわ。


ただ一つ気がかりなことがある。捕らえられた先輩だが、いつの間にか脱獄を果たしていた。

一体、どのようにして成し遂げたのかはわからない。後日、ダウ・ルーの海域から離れてゆく数隻の不明船が確認されたという。それはいつもダウ・ルーにちょっかいをかけていた海賊船に酷似していたとも言われているが定かではない。

彼女が海を越えたのかもわからない。私にしてみればもう興味はない。

でも、彼女が戻ってきて、私たちに危害を加えるのであればもう容赦はしない。

来るなら来いといった感じかしら。

その時には私たちの国も近代化を図っている頃よ。

＊＊＊

そして……騒動から一年が経過した。

私はといえば。

「良い？　鉄道というのはレールが重要なの。それが壊れて脱線なんてことになったら目も当てられないわ」

やることは変わらない。

相変わらず鉄を作る。それを利用して当初の目的を果たすために邁進《まいしん》している。

そう、蒸気機械を作り、普及させるわけだ。

ただ一つ違うのは、私があまり現場に出られなくなってしまい、デスクワークがほとんどという
ことだろうか。

「その上を走る蒸気機関車はどうするんだよ？」

「今はまだ速さは追求しない。重たいものをたくさん運べるだけの力があればいい」

いつもの事務所、いつもの部屋。

私とアベルはそこであーでもない、こーでもないと議論を重ねる。

そんな時間が、前よりも増えたと思う。

「当然、船も作るわよ。鉄の船。蒸気で動く蒸気船」

やりたいことはまだまだたくさんある。そのうち、鉱石ラジオとか通信機も作ってみたい。

そのためには色々と勉強しないといけないのだけど。

まぁ、時間はまだたくさんあるんだ。ゆっくりとやっていけばいい。

「とにかく、私たちの子供が大きくなる頃にはせめてサルバトーレとダウ・ルーには鉄道を敷く。

それが私がやりたいことよ。まぁそのためには……」

他にもやらなきゃいけないことは、たくさんあるのだけどね。

「あんまり無理はしてくれるなよ……その、子供がさ」

「当たり前よ。私はね、この子にいろんなものを見せてあげたいのだから」

そう……この一年で、私は母となった。

可愛《かわい》い、可愛い私の娘、名前はシェリンダと名付けられた。日本風な名前を……とも思ったけど、どれもいまいちピンとこない名前しか浮かばなくて、アベルもあれだこれだと悩み続けていたら、いつの間にかゴドワンがそう名付けた。

驚くべきは孫という存在か。病に伏せっていたはずの彼は私がシェリンダを身ごもったと知ると、みるみるうちに元気を取り戻した。今では出会った当初よりも元気なのではないかと言わんばかりに、ベッドから飛び起き、毎日孫の顔を見に来るし、意外と赤ん坊をあやすのもうまい。

奥様と死に別れてから男一人でアベルを育ててきたのだから、ある意味では当然なのかもしれないけど。

とにかく、シェリンダは皆に愛されて、見守られている。

そんな彼女はすやすやと寝息を立てていた。愛娘《まなむすめ》の姿を見つめながら、かねてから進めていたあることを相談する。

それは私の出自に関することだ。

「ねぇ。私をどこかの国から売り飛ばされた奴隷ってことにできない？」

そんなこんなで娘が生まれたことだし、私も現場に復帰しようかなと思ったらそれは駄目だと周囲から反対されてしまった。

確かに子育ては過酷だ。正直舐《な》めてました。初めてのことばかり。

テリダさんたちに助けてもらいながら、右往左往するし、これじゃ社長業なんてやってる余裕もない。

かといって、おチビちゃんが可愛らしく寝息を立てている間は私もなんとかゆったりできる。

ゆったりしすぎて暇になる。それまでは延々と現場仕事をしていたから、ふと生まれる余暇をどう処理していいのかわからない。

なので、日記というか、後世に残すための自伝的なものでも書いてみようかなと思った。

そして、ぶち当たるのが「イスズ」という存在の生まれだ。

とりあえず外国からきました、アベルに拾われました、で通しているけど、未来ではそこらへん根掘り葉掘り調べられそうだし。

それなら先手を取って箔《はく》付けのためにあえて生まれの身分を下げて立身出世を果たしたとしておいた方がセンセーショナルで受けも良いだろう。

「無茶言うな。どんな捏造《ねつぞう》だ」

「いえね、反逆者の娘よりはマシじゃない？」

それに、人間ってのはどん底から這《は》い上がった人が大好きなのよ。

「馬鹿なこと言ってんじゃないよ。大体、なんでそんなもの残すんだ？」

「そりゃあだって。私がここにいたってことを世界に刻むためよ」

「捏造入ってんぞ」

「いいのよ、脚色と呼びなさい脚色と」

それに技術や知識部分はちゃんと書くわよ。

「ったく……お前って奴は基本的にいつも動いてないと気が済まないのはわかってたが、今度は本まで書くのか」

「仕方ないでしょ。これ以外で、私があとに残せるものってないもの。絵なんて描けないわよ。それに、私たちがいなくなった後でも問題なく製鉄炉とか蒸気機関とか作ったり、整備できるようにしておきたいじゃない。高齢化が進んで職人がいなくなりましたって時に備えてね」

「ふーん、そういうもんかねぇ。お父ちゃんはお母ちゃんの言ってることがよくわかりませんよーってな」

アベルは寝息を立てる娘の顔を覗いて、デレデレしていた。

「起こさないでよー。起きたら寝るまでずっと遊ぶコースだからねぇー」

「なぁに。夜泣きよりは楽だろ」

「言ったわね。じゃ今度お昼のお世話頼もうかしら」

「あ、いや、それはキツイ……遊ぶだけじゃ駄目か？」

「駄目に決まってるでしょ。決まり。あなたも子育ての何たるかを理解させてあげるわ。それに、一家団欒《だんらん》、嬉《うれ》しいでしょう？」

子育ても、産業革命もとことんまでやってみるわ。

もう、聖翔石はない。気が付けばあれは霞のように消えていた。

いつ頃消えたのかはわからない。でも、どうやら、私の願いはどこかで叶ったということだ。

ならあとは……次の夢を見つけるだけよ。

エピローグ　鉄の魔女のお話

『サルバトーレ鉄道の歴史が幕を開けたのは、ハイカルンとの戦争が集結した後のことである。それを推し進めたのがイスズ・マッケンジー夫人であることは有名だが、後押しをしたのがグレース王妃であることも理解しなければならない。当初、この鉄道は当時の盟友国であるダウ・ルーとの交易を容易にする目的であったが、人道支援を訴えるグレース王妃のたっての願いによって、ハイカルンへの物資供給及び重病人の搬送などに大いに貢献した。後にそのルートは慈悲の道と呼ばれ、今日に至るまで親しまれることになる。だが、筆者はその鉄道網の開拓は、支配領域外への睨《にら》みを利かせる目的があったのではないかと推察する。ハイカルンを含めた東諸国に眠る多数の鉱物資源を求め、さらには亜人やその国家への対応を迅速にするため……というものである。

〜中略〜

各国を結ぶ鉄道網の完成は国家にとって急務であった。かつてはワイバーンやペガサスなどを用いた少人数のみが迅速に国家間を移動できた。だが、それらの飛翔《ひしょう》系のモンスターは飼育も困難で手懐けることも容易ではなく、熟練した兵士でなければ扱うことができない。陸路は制限も多く、船のように大量の貨物を運搬する術は非常に少ない時代であった。それを解消したのが鉄道の誕生である。当初は事故も多く、安定性に欠けると言われたが、十年という月日をもってダウ・ルー、そしてハイカルンへの鉄道は一旦の完成を見た。初の長距離鉄道は革新的であり、特にサルバトーレとダウ・ルーの結びつきはさらに深く、近くなったと言えただろう。この頃には国を追われ、亡命していたハイカルンのラウ王もサルバトーレの支援を受け、国を立て直し、東諸国への対応をおこなったとされる。ここに大陸全土を股にかけた一大鉄道事業が改めて計画されたのである。しかし、忍び寄る軍靴の音は小さく鳴り響いており、この年に海を隔てた遠い朱国からの侵攻が始まるのであった』

＊＊＊

「姫様、姫様。お時間ですよ」

読書を中断する声。メイド長が呼んでいるようだ。

私、サラ・クイント・ハイカルンは返事をしながら、本を閉じた。

オルドリン・ネシェル著書『サルバトーレの産業と魔女の影』。かつてのサルバトーレ国王に仕えたとされるザガート騎士団長の養女と言われる女性が書いたものだ。

当時の歴史を語る上で非常に貴重なものとなっており、サルバトーレの国力が劇的に向上した頃を記すものである。

　このような著作物を後世に残すように指示をしたのは当時、鉄の魔女の異名を受け、あらゆる技術を示したイスズ・マッケンジーであるとこの書物にも書かれていた。

　イスズはこの他にもいくつかの手順書や参考書のようなものを残すように指示していた。特に彼女の異名を知らしめた製鉄に関する手法、鉱物採掘の重要性と危険性、ついぞ彼女の生前には実現しなかった海底資源採掘への展望。

　とにかくこの女性はあらゆる技術と知識を残した。

　そしてハイカルンという国にとっても大母と言っても良い存在だった。

「サラ、なにやってんだよ。遅れるぞ」

　メイド長の次に聞こえてきたのは兄の声だ。

　ウォルター・レイジス・ハイカルン。このハイカルンの皇太子であり、次の国王。

　とはいえ、それはあと何年先の話やら。

　しかもこの次期国王は妹の部屋に遠慮なしに入ってくる。

「兄さま。妹とはいえ、レディの部屋にそう無遠慮に入ってくるのはいかがなものかと思います」

「お前は呼んでも呼んでも出てこないだろ。というかまたご先祖様の本かよ。好きだねえ」

「悪い？　私はイスズ・マッケンジーを尊敬しているの。身一つで国を救った方よ。この方がいなければ私たちは生まれてなかったんだから」

　私がそうやって反論すると兄は「はいはい」と適当な返事だ。

本当に失礼だ。イスズの娘が当時のラウ国王の妃《きさき》になって私たちの代まで続いているのに。

「百五十年も前の話だろ？　どこまで本当かわかんねぇじゃん」

「残念ね。イスズはあらゆる記録を後世に残しているわ。歴史学者のベレン先生のお墨付きよ」

「そのベレン先生だって当時のご先祖様に付き従ってた人の子孫だろ？　それにその本だってこわーい騎士団長様の娘が残したもんだし、都合よく書かれてるって」

「まぁ夢のない人」

まぁ確かに今も残ってる当時の資料のほとんどはイスズがそう残すように指示したものだから、多少の意図は介在しているのだろうけどさ。

「おい、そんなことより、飛行船のお披露目始まるぞ。そのご先祖様の夢が実現するんだから、早く来いよ」

「わかってる。着替えるから出てって」

私は兄を部屋から押し出して、一息入れる。

そうだ。今日はハイカルンが長年の研究を続けてついに完成させた飛行船の試運転。

生前のイスズが成し遂げられなかったことの一つ。空を自由に行く乗り物が、百五十年の年月を経て実現した。

私は式典用のドレスに着替えながら、窓の外を眺める。

ハイカルン城から見える街並みはちょっと煙たい。あちこちに蒸気機関が設置され、今日も火を焚《た》いている。

製鉄だけじゃない。普段の生活にも蒸気機関は使われている。

遠くではハイカルンの汽車が汽笛を鳴らしてどこかへと貨物を運んでいくのが見えた。

眼下に広がる城下町ではここ何十年かで普及した蒸気自動車なるものが駆け巡り、最近では蒸気二輪車なるものが開発されたとか。

それもイスズの遺《のこ》した計画書からヒントを得ているとのことだ。

「うわー外は寒そう……」

季節は冬に近づいていた。まだ雪は降らないけど、肌を突き刺すような冷たい風が吹いているらしく、外では厚着の兵士たちがストーブに集まっている。

私の部屋、というよりはこの城には蒸気機関とストーブが設置されていて、冬でも暖かいからこうやってゆっくりできるのだけど、外に出るには厚着をしなくちゃいけないのは時代が進んでもなかなか解決しない問題だ。

「兄さま、懐炉用意してくれているかしら。あれがなくちゃ寒くて外にも行けない」

これも当時のイスズがなんとかして作らせたという懐炉だ。彼女は繰り返し使えるものを作ろうとしたらしいけど、そううまくはいかなかったみたい。

火を使うから、ぼうっとしてるお前には危ないって理由で兄さまや両親からじゃないと手渡されない。失礼しちゃうわ。

私はもう九歳なのよ。

火が危ないものだってことぐらいわかっているんだからね。

「はぁ。大人になりたい」

そしてご先祖様のようにバリバリなんでもやってのける凄《すご》い女性になってやるのだ。

だからこうしてご先祖様であるイスズの偉業を学んでいる。

彼女はこの国のあこがれだ。

そしてロマンスも凄い。

人買いにさらわれ、外国から売り飛ばされてきた時に運命の人、アベルと出会い、助けられ恋に落ちて、その知識と誇り高い心で夫を支え続け、ついには国をも動かしたとされるイスズ。

鉄を作り、宝石を作り出し、蒸気機関車や船まで作ってしまった。世界で初めて魔法やモンスターを使わずに気球で空を飛んだ人でもある。

そしてハイカルンの名誉を守ってくれた。救国の英雄、王家の真なる母。このおかげでハイカルンはかつての罪を清算されて、サルバトーレとも肩を並べるほどまでに成長した。

中央にサルバトーレがあり、海にはダウ・ルーが構え、大地の支えはハイカルン。この三国同盟による結束は今も力強い。

それの成立に尽力したのもイスズだ。うん凄い。こんな人が元は奴隷のような扱いを受けていたなんて信じられない。

でもベレン先生は「そもそもイスズ様は元からサルバトーレの住人だったという説もあるんですねぇ。というのも彼女の正体がですねぇ」と歴史学者のくせに夢もロマンもないことを言ってくる。

都市伝説というものに熱心になるのも良《い》いけど、現実を見てほしいものだわ。

「あぁでも。聖翔石《せいしょうせき》は夢があるかな」

昔話にはたびたび出てくる聖翔石という願いが叶《かな》うという不思議な宝石。

流石《さすが》にそれは御伽噺《おとぎばなし》だろうとは私だって思う。強く願えば何でも叶うだなんてちょっと都合がよすぎるじゃない。

そんなものがあったらイスズの夢だってもっと早く実現しているはずだわ。

だけど、その石のおかげでイスズは夫になるアベルと出会ったとも言われているし。

私も、運命の人とかそういうのに出会えるかなぁ。

＊＊＊

その日、ハイカルン復興百五十年の記念日に合わせて、飛行船が建造された。

晩年のイスズが切望した空を飛ぶ機械。陸も海も蒸気で満たしたとされるイスズが最後に追い求めたのは空であった。

革新的すぎる彼女の発案、発明はその当時では実現することが難しいものばかりであった。

魔法を使わずに遠くの土地同士で会話ができる通信という仕組みを作り出そうとしたり、電波というものを用いて鉱石によってレィディオなるものを作り出そうともしたとか。

しかし多くはなかなか実現せず、九十九歳でこの世を去る際には「活動写真ぐらいは作っておきたかった。子供たちに見せてあげたかったのよ」と言い残しているとのことだった。

その活動写真というものがいかなるものであったかはわからない。

彼女の前衛的で革新的な知識は、あまりにも早すぎたのだ。

それでも残された多くの書物が、記録が、言葉が、知識が、今日の三国同盟をより大きくしていくことは間違いないだろう。


まだ九歳の幼い少女は、空を行く飛行船を見上げて思った。

ならば私が彼女の夢の続きを作ろう。そうだな。イスズの人生をその活動写真とやらで作ってみようかしら。そもそも活動写真って何かしら。

まずはそれを調べてから。

そして――。

あとがき

皆様お久しぶりの方はお久しぶり、今回からお手に取っていただいた方には、初めまして。作者の甘味亭《かんみてい》です。

大変長らくお待たせいたしました、【鉱石令嬢】、無事二巻の発売ができました！

そしてなんとなんと、【鉱石令嬢】はついにコミカライズも始まり、こちらは既にマガポケ様にて連載しておりますので、そちらもよろしくお願いします！

さて、【鉱石令嬢】ですが、二巻にて完結。少々足早となってしまい、説明不足も多々ありました。

製鉄に始まり、産業革命、そして山の開発に関しても本来なら数年から数百年の時間がかかりますし、さらには木々の植林などの実行とかを考えるとこれまた時間がかかる代物。

敢えてこれらを省いたのもありますが、いすずさん、かなりの弾丸特急で色々と進めさせましたねぇと作者ながら「なんと無茶な」と言う思いもあります。

最後になりますが、お付き合い頂き誠にありがとうございます。

編集の皆様、イラストレーターのSNC様、コミカライズ構成の星野太平洋《ほしのたいへいよう》様と作画の深川鰭夫《ふかがわひれお》様、ほか多くの人のお力添えのおかげでここまでやれました！

それではまたどこかで！

Kラノベブックス

鉱《こう》石《せき》令《れい》嬢《じょう》2
〜没落《ぼつらく》した悪役令嬢《あくやくれいじょう》が炭鉱《たんこう》で一山当《ひとやまあ》てるまでのお話《はなし》〜

甘《かん》味《み》亭《てい》太《ふと》丸《まる》

2025年4月30日第1刷発行

発行者	安永尚人
発行所	株式会社 講談社 〒112-8001　東京都文京区音羽2-12-21
電　話	出版　(03)5395-3715 販売　(03)5395-3608 業務　(03)5395-3603
デザイン	寺田鷹樹（GROFAL）
本文データ制作	講談社デジタル製作
印刷所	株式会社KPSプロダクツ
製本所	株式会社フォーネット社

KODANSHA

ISBN978-4-06-539556-1　N.D.C.913　259p　19cm
定価はカバーに表示してあります

ファンレター、
作品のご感想を
お待ちしています。

あて先
〒112-8001　東京都文京区音羽2-12-21
(株) 講談社　ライトノベル出版部 気付
「甘味亭太丸先生」係
「SNC先生」係

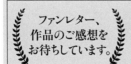